꽃잎의 말로
편지를 쓴다

문학집배원 도종환의 시배달
꽃잎의 말로 편지를 쓴다

초판 1쇄 발행 | 2007년 5월 21일
초판 16쇄 발행 | 2025년 3월 31일

엮은이 | 도종환
펴낸이 | 염종선
책임편집 | 박신규
펴낸곳 | (주)창비
등록 | 1986년 8월 5일 제85호
주소 | 10881 경기도 파주시 회동길 184
전화 | 031-955-3333
팩스 | 영업 031-955-3399 · 편집 031-955-3400
홈페이지 | www.changbi.com
전자우편 | lit@changbi.com

ISBN 978-89-364-7126-2 03810

문 학 집 배 원
도종환의
시배달

꽃잎의 말로
도종환 엮음
편지를 쓴다

창비

시 읽는 사람은 아름다운 사람입니다

한해 동안 저는 행복했습니다.

시를 배달하는 문학집배원이 된 것입니다.

편지와 우편물을 전하는 집배원이 아니라 희망을 전해주고 위안을 주고 마음의 안식과 삶의 아름다운 힘을 주는 집배원으로 살고 싶었는데 그 소망을 이룬 것입니다.

고개를 넘고 내를 건너 여러분의 창문을 두드리며 기쁜 소식을 전해주는 집배원. 여러분이 밖에 나가고 안 계시면 주인 없는 빈 뜨락에 가만히 시 한 편을 내려놓고 오는 집배원. 한해 동안 저는 그런 집배원이고 싶었습니다.

일주일에 한번 월요일 아침 일찍 시를 배달해드리는 동안 저는 내내 가슴 설레었습니다. 눈이 내리는 날은 눈에 대한 시를, 어버이날이면 늙으신 어머니를 생각하는 시를 배달했습니다. 새 학기가 시작될 때나 꽃이 질 때, 봄비가 내릴 때, 단오와 추석, 성탄절이 다가오면 그때에 맞는 시를 고르기 위해 수많은 시집을 뒤적였습니다. 여러분이 제가 배달하는 시 한 편을 읽으며 한 주를 아름다운 마음으로 시작할 수 있기를 바랐습니다. 제가 드리는 시가 아

주 짧은 시간 동안이나마 기쁨이 되고 위안이 되고 힘이 된다면 그
것만으로도 기뻤습니다.

　일주일에 시 한 편을 읽는 것과 읽지 않는 것은 큰 차이가 없지
만, 일년 동안 매주 시를 읽은 사람과 시 한 편도 읽지 않고 사는
사람의 정서적 문화적 깊이는 다르지 않을 수 없습니다. 그것이 십
년이 된다면 삶의 질은 더 큰 차이가 날 것입니다. 시를 읽고 가까
이하는 사람, 감동이 있고 설렘이 있으며 사람과 사물과 세상에 대
한 사랑이 있는 사람은 아름다운 사람이니까요.

　여기 일년 동안 배달한 시를 여러분이 눈으로 보고 귀로 들으실
수 있도록 한 권의 책과 씨디에 담았습니다. 여러분의 따스한 손으
로 열어주신다면 참으로 기쁠 것입니다.

　시 읽는 여러분으로 하여 세상은 더욱 아름다워질 것입니다.

　　　　　　　　　　　2007년 붓꽃이 아름답게 핀 봄날에

　　　　　　　　　　　문학집배원 도종환

차례

십일월

십이월

january

일월

처음 가는 길

도종환

아무도 가지 않은 길은 없다 •
다만 내가 처음 가는 길일 뿐이다
누구도 앞서 가지 않은 길은 없다
오랫동안 가지 않은 길이 있을 뿐이다
두려워 마라 두려워하였지만
많은 이들이 결국 이 길을 갔다
죽음에 이르는 길조차도
자기 전생애를 끌고 넘은 이들이 있다
순탄하기만 한 길은 길 아니다
낯설고 절박한 세계에 닿아서 길인 것이다

• 베드로시안은 "아무도 걸어가본 적이 없는 그런 길은 없다"(「그런 길은 없다」)고
   한 바 있다.

●　　　　　　　　새해가 밝았습니다. 우리 앞에는 언제
나 처음 가는 길이 놓여 있습니다. 그러나 아무도 가지 않은 길은 없
습니다. 누구도 앞서 가지 않은 길은 없습니다. 두려움과 설렘으로
첫발을 내디디며 많은 이들이 새 길을 가는 것입니다. 순탄하기만
한 길은 없습니다. 그대의 발걸음이 그대의 인생을 새롭고 가슴 벅
찬 세상으로 데려가주길 바랍니다.

아무도 가지 않은 길은 없다
　　　　　　　　다만 내가 처음 가는 길일 뿐이다

늦게 온 소포

고두현

밤에 온 소포를 받고 문 닫지 못한다.
서투른 글씨로 동여맨 겹겹의 매듭마다
주름진 손마디 한데 묶여 도착한
어머님 겨울 안부, 남쪽 섬 먼 길을
해풍도 마르지 않고 바삐 왔구나.

울타리 없는 곳에 혼자 남아
빈 지붕만 지키는 쓸쓸함
두터운 마분지에 싸고 또 싸서
속엣것보다 포장 더 무겁게 담아 보낸
소포 끈 찬찬히 풀다보면 낯선 서울살이
찌든 생활의 겉꺼풀들도 하나씩 벗겨지고
오래된 장갑 버선 한 짝
해진 내의까지 감기고 얽힌 무명실 줄 따라
펼쳐지더니 드디어 한지더미 속에서 놀란 듯

얼굴 내미는 남해산 유자 아홉 개.

「큰집 뒤따메 올 유자가 잘 됐다고 멋개 따서 너어 보내니 춥을 때 다려 먹거라. 고생 만앗지야 봄볕치 풀리믄 또 조흔 일도 안 잇것나. 사람이 다 지 아래를 보고 사는 거라 어렵더 라도 참고 반다시 몸만 성키 추스리라」

헤쳐놓았던 몇겹의 종이
다시 접었다 펼쳤다 밤새
남향의 문 닫지 못하고
무연히 콧등 시큰거려 내다본 밖으로
새벽 눈발이 하얗게 손 흔들며
글썽글썽 녹고 있다.

● 　　　　　　　　"고생 만앗지야 봄볕치 풀리믄 또 조
흔 일도 안 잇것나. 사람이 다 지 아래를 보고 사는 거라 어렵더라도
참고 반다시 몸만 성키 추스리라." 혼자 쓸쓸히 고향집을 지키고 계
시는 어머니가 소포로 보낸 유자 아홉 개와 거기 들어 있는 서툰 글
씨의 편지, 이 편지 때문에 눈물 글썽거려 시인은 밤을 하얗게 새웁
니다. 그 옆에서 우리도 시와 함께 콧등 시큰거립니다.

　밤에 온 소포를 받고 문 닫지 못한다
　　　주름진 손마디 한데 묶여 도착한 어머님 겨울 안부

한계령을 위한 연가

문정희

한겨울 못 잊을 사람하고
한계령쯤을 넘다가
뜻밖의 폭설을 만나고 싶다.
뉴스는 다투어 수십년 만의 풍요를 알리고
자동차들은 뒤뚱거리며
제 구멍들을 찾아가느라 법석이지만
한계령의 한계에 못 이긴 척 기꺼이 묶였으면.

오오, 눈부신 고립
사방이 온통 흰 것뿐인 동화의 나라에
발이 아니라 운명이 묶였으면.

이윽고 날이 어두워지면 풍요는
조금씩 공포로 변하고, 현실은
두려움의 색채를 드리우기 시작하지만

헬리콥터가 나타났을 때에도
나는 결코 손을 흔들지 않으리.
헬리콥터가 눈 속에 갇힌 야생조들과
짐승들을 위해 골고루 먹이를 뿌릴 때에도……

시퍼렇게 살아 있는 젊은 심장을 향해
까아만 포탄을 뿌려대던 헬리콥터들이
고라니나 꿩 들의 일용할 양식을 위해
자비롭게 골고루 먹이를 뿌릴 때에도
나는 결코 옷자락을 보이지 않으리.

아름다운 한계령에 기꺼이 묶여
난생처음 짧은 축복에 몸둘 바를 모르리.

●   한겨울에 못 잊을 사람하고 한계령쯤
을 넘다가 뜻밖의 폭설을 만나 고립되는 일이 생긴다면, 그래서 발
이 아니라 운명이 묶이기도 한다면 그대는 그 고립을 재난이라고 여
기실는지요? "오오, 눈부신 고립" 이렇게 생각하실는지요. 공포와 두
려움 속에서 구원자가 도착했을 때도 옷자락을 감추며 기꺼이 폭설
에 묶여 이것을 짧은 축복이라고 생각하실는지요. 저는 눈부신 고립
을 선택하겠습니다.

한겨울 못 잊을 사람하고
뜻밖의 폭설을 만나고 싶다

이별

허만하

자작나무숲을 지나자 사람이 사라진 빈 마을이 나타났다. 강은 이 마을에서 잠시 방향을 잃는다. 강물에 비치는 길손의 물빛 향수. 행방을 잃은 여자의 음영만이 짙어가고

파스테르나크의 가죽장화가 밟았던 눈길. 그는 언제나 뒷모습의 초상화다. 멀어져가는 그의 등에서 무너지는 눈사태의 눈부심. 눈보라가 그치고 모처럼 쏟아지는 햇살마저 하늘의 높이에서 폭포처럼 얼어 있다.

우랄의 산줄기를 바라보는 평원에서 물기에 젖은 관능도 마지막 포옹도 국경도 썰렁한 겨울 풍경의 한부분에 불과하다.

선지피를 흘리는 혁명도 평원을 건너는 늙은 바람도 끝없는 자작나무숲에 지나지 않는다. 시베리아의 광야에서는 지도도 말을 잃어버린다. 아득한 언저리뿐이다.

평원에서
있다는 것은 사라지고 있다는 것이다.

다시
그는 뒷모습이다.
휘어진 눈길의 끝

엷은 썰매소리 같은 회한의 이력
아득한 숲의 저켠.

풍경을 거절하는
나도
쓸쓸한 지평선이 되어버리는.

●   눈 쌓인 시베리아의 벌판을 생각합니다. 거기서 이별을 하고 있는 사람들을 떠올립니다. 그러나 쏟아지는 햇살도 하늘의 높이에서 폭포처럼 얼어 있는 것처럼 느껴지는 평원에서는 관능도 마지막 포옹도 국경도 겨울 풍경에 지나지 않습니다. 이곳에서는 혁명조차도 겨울 풍경에 지워져버립니다. 이런 곳에서는 "있다는 것은 사라지고 있다는 것"입니다. 나도 그런 풍경의 한가운데에 아득한 언저리가 되어 서 있고 싶습니다.

평원에서 있다는 것은
사라지고 있다는 것이다

입설단비 立雪斷臂

김선우

2조(二祖) 혜가는 눈 속에서 자기 팔뚝을 잘라 바치며
달마에게 도(道) 공부 하기를 청했다는데
나는 무슨 그리 독한 비원도 이미 없고
단지 조금 고적한 아침의 그림자를 원할 뿐
아름다운 것의 슬픔을 아는 사람을 만나
밤 깊도록 겨울 숲 작은 움막에서
생나뭇가지 찢어지는 소리를 들으며
그저 묵묵히 서로의 술잔을 채우거나 비우며

다음날 아침이면 자기 팔뚝을 잘라 들고 선
정한 눈빛의 나무 하나 찾아서
그가 흘린 피로 따듯하게 녹아 있는
동그라한 아침의 그림자 속으로 지빠귀 한 마리
종종 걸어들어오는 것을 지켜보고 싶을 뿐
작은 새의 부리가 붉게 물들어

아름다운 손가락 하나 물고 날아가는 것을
고적하게 바라보고 싶을 뿐

그리하여 어쩌면 나도 꼭 저 나무처럼
파묻힐 듯 어느 흰눈 오시는 날
마다 않고 흰눈을 맞이하여 그득그득 견디어주다가
드디어는 팔뚝 하나를 잘라 들고
다만 고요히 서 있어보고 싶은 것이다

작은 새의 부리에 손마디 하나쯤 물려주고 싶은 것이다

●　　　　　　　　　흰눈 오십니다. 이런 날 나도 "아름다
운 것의 슬픔을 아는 사람을 만나 밤 깊도록 겨울 숲 작은 움막에서"
"그저 묵묵히" 술잔을 나누고 싶습니다. 눈은 쌓여 사방은 고적한데
생나뭇가지 찢어지는 소리 들으며 서로의 술잔을 채우거나 비우고
싶습니다. 그러나 다음날 아침 설해(雪害)를 입어 팔뚝 같은 가지가
잘린 나무를 보고 화자는, 달마대사에게 가르침을 얻기 위해 자기
팔뚝을 잘라 바쳤다는 선가의 두번째 스승 혜가선사를 떠올립니다.
독한 비원은 이미 없지만 흰눈 속에 서서 단비(斷臂)한 채 고요히 서
있어보고 싶다고 합니다. 새에게 손마디 하나쯤 내줄 수 있을 것 같
은 마음이 되는 건 흰눈 때문일까요?

아름다운 것의 슬픔을 아는 사람을 만나
　　　　밤 깊도록 서로의 술잔을 채우거나 비우며

27

February

이월

뼈에 새긴 그 이름

이원규

그대를 보낸 뒤
내내 노심초사하였다

행여
이승의 마지막일지도 몰라
그저 바람이 머리칼을 스치기만 해도
갈비뼈가 어긋나고

마른 갈잎이 흔들리면
그 잎으로 그대의 이름을 썼다

청둥오리떼를 불러다
섬진강 산 그림자에 어리는
그 이름을 지우고
벽소령 달빛으로

다시 전서체의 그 이름을 썼다

별자리들마저
그대의 이름으로
슬그머니 자리를 바꿔앉는 밤

화엄경을 보아도
잘 모르는 활자들 속에
슬쩍
그 이름을 끼워서 읽고
폭설의 실상사 앞 들녘을 걸으면

발자국,
발자국들이 모여
복숭아뼈에 새긴 그 이름을

그리고 있었다

길이라면 어차피
아니 갈 수 없는 길이었다

●　　　　　　그대를 보내는 일이 이승에서 만나는
마지막 만남일지 모르는 그런 이별이 있지요. 그래서 머리칼을 스치
는 바람에도 갈비뼈가 어긋나는 것처럼 아픈 이별. 흔들리는 마른
갈잎으로 그대의 이름을 쓰고 지웠다가는 달빛으로 다시 쓰는 이름.
별자리를 올려다보고 있으면 그 위로 그대 이름자 슬그머니 나타나
고, 불경을 읽다가도 활자 속에서 발견하게 되는 이름. 그대와 함께
아니 갈 수 없는 길을 가는 동안 뼈에 새긴 그 이름을 생각합니다.

마른 갈잎이 흔들리면
　　　그 잎으로 그대의 이름을 썼다

온돌방

조향미

할머니는 겨울이면 무를 썰어 말리셨다
해 좋을 땐 마당에 마루에 소쿠리 가득
궂은날엔 방 안 가득 무 향내가 났다
우리도 따순 데를 골라 호박씨를 늘어놓았다
실경엔 주렁주렁 메주 뜨는 냄새 쿰쿰하고
윗목에선 콩나물이 쑥쑥 자라고
아랫목 술독엔 향기로운 술이 익어가고 있었다
설을 앞두고 어머니는 조청에 버무린
쌀 콩 깨 강정을 한방 가득 펼쳤다
문풍지엔 바람 쌩쌩 불고 문고리는 쩍쩍 얼고
아궁이엔 지긋한 장작불
등이 뜨거워 자반처럼 이리저리 몸을 뒤집으며
우리는 노릇노릇 토실토실 익어갔다
그런 온돌방에서 여물게 자란 아이들은
어느 먼 날 장마처럼 젖은 생을 만나도

아침 나팔꽃처럼 금세 활짝 피어나곤 한다
아, 그 온돌방에서
세월을 잊고 익어가던 메주가 되었으면
한세상 취케 만들 독한 밀주가 되었으면
아니 아니 그보다
품어주고 키워주고 익혀주지 않는 것 없던
향긋하고 달금하고 쿰쿰하고 뜨겁던 온돌방이었으면

●　　　　　　　　　우리도 이런 온돌방에서 자랐습니다. 방 한쪽에 무가 마르고 호박씨가 널려 있고 메주 뜨는 냄새가 나던 방에서 콩나물처럼 쑥쑥 자랐고 향기로운 술처럼 익어갔습니다. 문고리 쩍쩍 얼어붙던 겨울날에도 여물게 자랐습니다. 지금의 아이들도 이런 온돌방에서 노릇노릇 토실토실 익어가며 자랐으면 좋겠습니다. 그래서 "장마처럼 젖은 생을 만나도 아침 나팔꽃처럼 금세 활짝 피어나곤" 했으면 좋겠습니다. 설이 다가오면 생각나는 시입니다.

어느 먼 날 장마처럼 젖은 생을 만나도

아침 나팔꽃처럼 금세 활짝 피어나곤 한다

밭

정우영

　암시랑토 않다. 니열 내리갈란다. 내 몸은 나가 더 잘 안디, 이거는 병이 아녀. 내리오라는 신호제. 암먼, 신호여. 왜 나가 요새 어깨가 욱씬욱씬 쑤신다고 잘허제? 고거는 말이여, 마늘 눈이 깨어나는 거여. 고놈이 뿌릴 내리고 잪으면 꼭 고로코롬 못된 짓거리를 헌단다. 온 삭신이 저리고 아픈 것은 참깨, 들깨 짓이여. 고놈들이 온몸을 두들김서 돌아댕기는 것이제. 가심이 뭣이 얹힌 것맹키로 답답헌 것은 무시나 배추가 눌르기 땜시 그려. 웃배가 더부룩허고 속이 쓰린 것은 틀림없이 고추여. 고추라는 놈은 성깔이 쪼깨 사납잖여. 가끔씩 까끌허니 셋바닥이 돋는디 나락이여, 나락이 숨통을 틔우고 잪은게 냅다 문대는 것이제. 등허리가 똑 뿐질러진 것맨치 콕콕 쏘아대는 것은 이놈들이 한테 모여 거름 달라고 보채는 거여. 밍그적거리면 부아를 내고 난리를 피우제. 그려, 내 몸이 곧 밭이랑게. 근디 말여, 나가 여그 있다가 집에 내리가잖냐. 흙냄새만 맡아도 통증이 싹 사라져뿐진다. 신통허제? 약이 따로 필요 없당

게. 하이고, 먼 지랄로 여태까장 그 복잡헌 디서 뀌대고 있었다냐 후회막심허지. 인자 내 말 알아들었제? 긍게로 나를 짠하게 생각허덜 말그라. 너그 어매는 땅심으로 사는 사람이여. 나가 땅을 버리면 아매도 내 몸뚱이가 피를 토할 거이다. 그러니 내 말 꼭 명심히야 써. 어매 편히 모시겠다는 말은 당최 꺼내지도 마라. 너그 어매 죽으라는 소린게로. 알겠제?

● 　　　　　　　　오셨던 어머니가 내려가겠다고 하십
니다. 불편해서가 아니라고 하십니다. 온몸이 쑤시고 아픈 게 마늘,
참깨, 들깨 때문이라고 하십니다. 몸이 밭이고 밭이 몸이신 어머니.
땅심으로 사시는 어머니. 왜 땅을 버리면 안되는지를 몸으로 말씀하
시는 어머니. 그 어머니의 땅에서 우리도 나고 자랐습니다. 보통 이
월엔 설이 있지요. 어머니를 가시게 하고, 어머니를 편히 모시지 못
하고 우리는 돌아옵니다. 어머니는 그렇게 생각지 말라고 하시지만,
어머니를 생각하면 마음이 짠해집니다. 홀로 땅을 지키시는 우리 어
머니.

어매 편히 모시겠다는 말은 당최 꺼내지도 마라
　　　　　너그 어매는 땅심으로 사는 사람이여

홍매화 겨울나기

최영철

그해 겨울 유배 가던 당신이 잠시 바라본 홍매화
흙 있다고 물 있다고 아무데나 막 피는 게 아니라
전라도 구례 땅 화엄사 마당에만 핀다고 하는데
대웅전 비로자나불 봐야 뿌리를 내린다는데
나는 정말 아무데나 막 몸을 부린 것 같아
그때 당신이 한겨울 홍매화 가지 어루만지며
뭐라고 하셨는지
따뜻한 햇살 내린다고
단비 적신다고
아무데나 제 속내 보이지 않는다는데
꽃만 피었다 갈 뿐
열매 같은 건 맺을 생각도 않는다는데
나는 정말 아무데나 내 알몸 다 보여주고 온 것 같아
매화 한떨기가 알아버린 육체의 경지를
나 이렇게 오래 더러워졌는데도

도무지 알 수 없는 것 같아
수많은 잎 매달고 언제까지 무성해지려는 나
열매 맺지 않으려고
잎 나기도 전에 꽃부터 피워올리는
홍매화 겨울나기 따라갈 수 없을 것 같아.

한겨울 홍매화 가지 어루만지던 당신
꽃만 피었다 갈뿐
열매 같은 건 맺을 생각도 않는다는데

흙 있고 물 있다고 아무데서나 꽃 피우
지 않는 꽃이 있다는데, 우리는 아무데나 몸을 부리며 살고 있는 건
아닌지요? 햇살 내리고 단비 적신다고 아무데나 속내 보이지 않는
꽃이 있다는데, 우리는 알몸 다 보여주며 살고 있는 건 아닌지요? 꽃
만 피었다 갈 뿐 열매 같은 건 맺을 생각도 않는 꽃이 있다는데, 우리
는 열매부터 생각하며 무성하게 서 있는 건 아닌지요? 홍매화. 겨울
홍매화.

March

삼월

성장

이시영

　바다가 가까워지자 어린 강물은 엄마 손을 더욱 꼭 그러쥔 채 놓지 않았습니다. 그러다가 그만 거대한 파도의 뱃속으로 뛰어드는 꿈을 꾸다 엄마 손을 아득히 놓치고 말았습니다. 그래 잘 가거라 내 아들아. 이제부터는 크고 다른 삶을 살아야 된단다. 엄마 강물은 새벽 강에 시린 몸을 한번 뒤채고는 오리처럼 곧 순한 머리를 돌려 반짝이는 은어들의 길을 따라 산골로 조용히 돌아왔습니다.

●　　　　　　　　어린 강물이 엄마 강물의 손을 놓친 게
아니라 엄마 강물이 살며시 손을 놓았겠지요. 바다로 가야 하므로,
크고 다른 삶을 살 때가 되었으므로, 떠나보낸 거겠지요. "잘 가거라
내 아들아." 엄마 강물은 속으로 이렇게 말하며 아팠겠지요. 시린 몸
을 한번 뒤채고는 은어들의 길을 따라 조용히 되돌아왔겠지요. 삼월
은 새 학기가 시작되고 새로운 학교생활, 새로운 삶을 시작하는 달
입니다. 바다로 나가는 어린 강물들이 저마다 반짝이는 물살이기를
바랍니다.

잘 가거라 내 아들아, 이제부터는
　　　　　　　크고 다른 삶을 살아야 된단다

콩나물의 물음표

김승희

콩에 햇빛을 주지 않아야 콩에서 콩나물이 나온다

콩에서 콩나물로 가는 그 긴 기간 동안
밑빠진 어둠으로 된 집, 짚을 깐 시루 안에서
비를 맞으며 콩이 생각했을 어둠에 대하여
보자기 아래 감추어진 콩의 얼굴에 대하여
수분을 함유한 고온다습의 이마가 일그러지면서
하나씩 금빛으로 터져나오는 노오란 쇠갈고리 모양의
콩나물 새싹,
그 아름다운 금빛 첫 싹이 왜 물음표를 닮았는지에 대하여
금빛 물음표 같은 목을 갸웃 내밀고
금빛 물음표 같은 손목들을 위로위로 향하여
검은 보자기 천장을 조금 들어올려보는
그 천지개벽

콩에서 콩나물로 가는 그 어두운 기간 동안
꼭 감은 내 눈 속에 꼭 감은 네 눈 속에
쑥쑥 한 시루의 음악의 보름달이 벅차게 빨리

검은 보자기 아래— 우리는 그렇게 뜨거운 사이였다

●   그랬군요. 어둡고 긴 시간을 지나서야 콩이 콩나물로 몸을 바꾼 것이군요. 햇빛도 없는 어둠의 집에서 오랜 시간 동안 비를 맞으며 어둠에 대해 생각했던 것이군요. 뜨겁고 습기 많은 이마가 금빛으로 갈라질 때까지 끝없이 자기 생의 어둠에 대해 질문을 던졌던 것이군요. 그 물음표에서 천지개벽이 시작된 것이군요. 그렇게 한 시루의 음악이 된 것이군요. 음악의 보름달이 된 것이군요.

금빛으로 터져나오는 노오란 새싹
           그 아름다운 첫 싹이 왜 물음표를 닮았는지

너에게 세들어 사는 동안

박라연

나,
이런 길을 만날 수 있다면
이 길을 손잡고 가고 싶은 사람이 있네
먼지 한톨 소음 한점 없어 보이는 이 길을 따라 걷다보면
나도 그도 정갈한 영혼을 지닐 것 같아
이 길을 오고 가는 사람들처럼
이 길을 오고 가는 자동차의 탄력처럼
나 아직도 갈 곳이 있고 가서 씨 뿌릴 여유가 있어
튀어오르거나 스며들 힘과 여운이 있어
나 이 길을 따라 쭈욱 가서
이 길의 첫 무늬가 보일락말락한
그렇게 아득한 끄트머리쯤의 집을 세내어 살고 싶네
아직은 낯이 설어
수십번 손바닥을 오므리고 펴는 사이
수십번 눈을 감았다가 뜨는 사이

그 집의 뒤켠엔 나무가 있고 새가 있고 꽃이 있네
절망이 사철 내내 내 몸을 적셔도
햇살을 아끼어 잎을 틔우고
뼈만 남은 내 마음에 다시 살이 오르면
그 마음 둥글게 말아 둥그런 얼굴 하나 빚겠네
그 건너편에 물론 강물이 흐르네.
그 강물 속 깊고 깊은 곳에 내 말 한마디
이 집에 세들어 사는 동안만이라도
나… 처음… 사랑할… 때…처럼… 그렇게……
내 말은 말이 되지 못하고 흘러가버리면
내가 내 몸을 폭풍처럼 흔들면서
내가 나를 가루처럼 흩어지게 하면서
나,
그 한마디 말이 되어보겠네

●　　　　　　　　정갈한 영혼을 지닌 사람을 만날 수 있
다면, 그와 같이 길을 갈 수 있다면, 그 길을 손잡고 갈 수 있다면, 그
아득한 길 끄트머리쯤에 집을 세내어 그와 함께 살 수 있다면, 너에
게, 아니 그에게 세들어 살 수 있다면, 절망 속에서도 햇살을 아끼어
잎을 틔우고 둥그런 얼굴 하나 빚을 수 있다면, 거기 세들어 사는 동
안만이라도 "처음… 사랑할… 때…처럼… 그렇게……" 말하며 살 수
있다면.

이 길을 손잡고 가고 싶은 사람이 있네
　　　　나… 처음… 사랑할… 때…처럼… 그렇게……

봄비

이재무

1
봄비의 혀가
초록의 몸에 불을 지른다
보라, 젖을수록
깊게 불타는 초록의 환희
봄비의 혀가
아직, 잠에 혼곤한
초록을 충동질한다
빗속을 걷는
젊은 여인의 등허리에
허연 김 솟아오른다

2
사랑의 모든 기억을 데리고 강가에 가다오
그리하여 거기 하류의 겸손 앞에 무릎 꿇고 두 손 모으게 해

다오

　　살 속에 박힌 추억이 젖어 떨고 있다

　　어떤 개인 날 등 보이며 떠나는 과거의 옷자락이

　　보일 때까지 봄비여,

　　내 낡은 신발이 남긴 죄의 발자국 지워다오

　　3

　　나를 살다 간 이여, 그러면 안녕,

　　그대 위해 쓴 눈물 대신 어린 묘목 심는다

　　이 나무가 곧게 자라서

　　세상 속으로

　　그늘을 드리우고 가지마다 그리움의

　　이파리 파랗게 반짝이고

　　한 가지에서 또 한 가지에로

　　새들이 넘나들며 울고

벌레들 불러들여 집과 밥을 베풀고
꾸중 들어 저녁밥 거른 아이의 쉼터가 되고
내 생의 사잇길 봄비에 지는 꽃잎으로
봄비는, 이 하염없는 추회
둥근 열매로 익어간다면
나를 떠나간 이여, 그러면 그대는 이미
내 안에 돌아와 웃고 있는 것이다
늦도록 늦봄 싸돌아다닌 뒤
내 뜰로 돌아와 내 오랜 기다림의 묘목 심는다

•　　　　　　　　봄비가 내렸습니다. 봄비의 혀가 초록
의 몸에 불을 지르는 게 보입니다. 그 봄비가 내 낡은 신발이 남긴 죄
의 발자국을 지워주길 바랍니다. 빗줄기가 사랑의 아픈 기억을 데리
고 강가로 가서 겸손하게 무릎 꿇고 두 손 모으게 해주길 바랍니다.
그러나 빗속에서 아픈 추억에 젖어 떠는 일보다 그대를 위한 어린
묘목 하나 심는 일이 더 소중한 일임을 생각합니다. 자신의 뜰로 돌
아와 오랜 기다림의 묘목 하나 다시 심는 일을 생각하는 봄입니다.

이 나무가 자라서 세상 속으로 그늘을 드리우고
가지마다 그리움의 이파리 파랗게 반짝이고

April

사월

나무 1
지리산에서

신경림

나무를 길러본 사람만이 안다
반듯하게 잘 자란 나무는
제대로 열매를 맺지 못한다는 것을
너무 잘나고 큰 나무는
제 치레하느라 오히려
좋은 열매를 갖지 못한다는 것을
한군데쯤 부러졌거나 가지를 친 나무에
또는 못나고 볼품없이 자란 나무에
보다 실하고
단단한 열매가 맺힌다는 것을

나무를 길러본 사람만이 안다
우쭐대며 웃자란 나무는
이웃 나무가 자라는 것을 가로막는다는 것을
햇빛과 바람을 독차지해서

동무 나무가 꽃 피고 열매 맺는 것을
훼방한다는 것을
그래서 뽑거나
베어버릴 수밖에 없다는 것을
사람이 사는 일이 어찌 꼭 이와 같을까만

● 　　　　　　　사월에는 식목일이 있고 한식도 그 무렵에 있습니다. 산에 가는 일이 많을 것입니다. 산에 가시거든 나무 한 그루에서도 삶의 지혜를 만나게 되길 바랍니다. 너무 잘나고 큰 나무는 제 치레하느라 좋은 열매를 갖지 못한다고 합니다. 우쭐대며 웃자란 나무는 이웃 나무가 자라는 것을 가로막다가 뽑히거나 베인다고 합니다. 한군데쯤 부러졌거나 못나고 볼품없이 자란 나무에 실하고 단단한 열매가 맺힌다고 합니다. 사람 사는 일도 크게 다르지 않지요.

못나고 볼품없이 자란 나무에
　　　더 실하고 단단한 열매가 맺힌다는 것을

풍경의 깊이

김사인

바람 불고
키 낮은 풀들 파르르 떠는데
눈여겨보는 이 아무도 없다.

그 가녀린 것들의 생의 한순간,
의 외로운 떨림들로 해서
우주의 저녁 한때가 비로소 저물어간다.
그 떨림의 이쪽에서 저쪽 사이, 그 순간의 처음과 끝 사이에
는 무한히 늙은 옛날의 고요가, 아니면 아직 오지 않은 어느
시간에 속할 어린 고요가
보일 듯 말 듯 옅게 묻어 있는 것이며,
그 나른한 고요의 봄볕 속에서 나는
백년이나 이백년쯤
아니라면 석달 열흘쯤이라도 곤히 잠들고 싶은 것이다.
그러면 석달이며 열흘이며 하는 이름만큼의 내 무한 곁으로

65

나비나 벌이나 별로 고울 것 없는 버러지들이 무심히 스쳐가
기도 할 것인데,

　그 적에 나는 꿈결엔 듯

　그 작은 목숨들의 더듬이나 날개나 앳된 다리에 실려온 낯
익은 냄새가

　어느 생에선가 한결 깊어진 그대의 눈빛인 걸 알아보게 되
리라 생각한다.

●　　　　　　　　　풀이 파랗게 돋아나고 있습니다. 키 낮은 풀들이 파르르 떨고 있습니다. 그 가녀린 것들의 외로운 떨림으로 우주의 저녁 한때가 비로소 저물어간다고 시인은 말합니다. 풀들의 떨림 사이에 묻어 있는 고요 속에서, 고요한 봄볕 속에서 곤히 잠들고 싶어합니다. 나비나 벌이나 벌레의 몸에 실려온 낯익은 냄새에서 그대의 눈빛을 발견해내는 섬세한 마음이 풍경을 깊이있게 바라보게 합니다. 낮아지고 고요해져서 바라보아야 풍경을 깊이있게 볼 수 있습니다.

나비나 벌이 무심히 스쳐가기도 할 것인데
그 적에 나는 꿈결엔 듯 어느 생에선가
한결 깊어진 그대의 눈빛을 알아보게 되리라

이별노래

박시교

봄에 하는 이별은 보다 현란할 일이다

그대 뒷모습 닮은 지는 꽃잎의 실루엣

사랑은 순간일지라도 그 상처는 깊다

가슴에 피어나는 그리움의 아지랑이

또 얼마의 세월 흘러야 까마득 지워질 것인가

눈물에 번져 보이는 수묵빛 네 그림자

가거라, 그래 가거라 너 떠나보내는 슬픔

어디 봄산인들 다 알고 푸르겠느냐

저렇듯 울어쌓는 뻐꾸긴들 다 알고 울겠느냐

봄에 하는 이별은 보다 현란할 일이다

하르르하르르 무너져내리는 꽃잎처럼

그 무게 견딜 수 없는 고통 참 아름다워라

　　　　　　　　그대도 이별을 하려거든 봄에 하세요. 하르르하르르 꽃잎이 지는 날 이별하세요. 사랑은 순간일지라도 상처는 깊고, 세월 흘러도 그리움의 아지랑이는 봄이면 다시 또 피어납니다. 견딜 수 없는 고통의 무게를 아름답게 지니고 살려거든 봄에 이별하세요. 지는 꽃잎 속에 묻혀서, 꽃잎처럼 현란하게 이별하세요. 꽃잎처럼 무너지세요.

하르르하르르 무너져내리는 꽃잎처럼
　　　　　　　　견딜 수 없는 고통 참 아름다워라

조이미용실

김명인

늦은 귀가에 골목길을 오르다보면
입구의 파리바게뜨 다음으로 조이미용실 불빛이
환하다 주인 홀로 바닥을
쓸거나 손님용 의자에 앉아 졸고 있어서
셔터로 가둬야 할 하루를 서성거리게 만드는
저 미용실은 어떤 손님이 예약했기에
짙은 분냄새 같은 형광 불빛을 밤늦도록
매달아놓는가 늙은 사공 혼자서 꾸려나가는
저런 거룻배가 지금도 건재하다는 것이
허술한 내 미(美)의 척도를 어리둥절하게 하지만
몇십년 단골이더라도 저 집 고객은
용돈이 빠듯한 할머니들이거나
구구하게 소개되는 낯선 사람만은 아닐 것이다
그녀의 소문난 억척처럼
좁은 미용실을 꽉 채우던 예전의 수다와 같은

공기는 아직도 끊을 수 없는 연줄로 남아서
저 배는 변화무쌍한 유행을 머릿결로 타고 넘으며
갈 데까지 흘러갈 것이다 그동안
세헤라자데는 쉴 틈 없이 입술을 달싹이면서
얼마나 고단하게 인생을 노 저을 것인가
자꾸만 자라나는 머리카락으로는
나는 어떤 아름다움이 시대의 기준인지 어림할 수 없겠다
다만 거품을 넣을 때 잔뜩 부풀린 머리끝까지
하루의 피곤이 빼곡히 들어찼는지
아, 하고 입을 벌리면 저렇게 쏟아져나오다가도
손바닥에 가로막히면 금방 풀이 죽어버리는
시간이라는 하품을 나는 보고 있다!

어디서 많이 본 듯한 미용실입니다. 가까운 곳에서, 동네 근처에서 만나는 미용실입니다. 억척스럽다고도 하고, 천일낮밤 계속해서 이야기를 들려주던 『아라비안나이트』의 세헤라자데처럼 쉴 틈 없이 떠들어대기도 하는 여자. 늦게까지 홀로 바닥을 쓸거나 의자에 앉아 졸고 있는 여자. 어디서 본 듯한 낯익은 여자입니다. 아날로그 여자. 혼자 노 젓는 늙은 뱃사공 같은 여자. 변화무쌍한 세상에 유행의 머릿결을 타고 넘으며 고단하게 인생을 저어가는 여자. 어느새 이웃이 되어 있는 여자. 그 여자 건재하길 바랍니다.

아 하고 입을 벌리면 쏟아져나오는
시간이라는 하품을 나는 보고 있다

May

오월

담양 한재 초등학교의 느티나무

고재종

어른 다섯의 아름이 넘는 교정의 느티나무,
그 그늘 면적은 전교생을 다 들이고도 남는데
그 어처구니를 두려워하는 아이는 별로 없다.
선생들이 그토록 말려도 둥치를 기어올라
가지 사이의 까치집을 더듬는 아이,
매미 잡으러 올라갔다가 수업도 그만 작파하고
거기 매미처럼 붙어 늘어지게 자는 아이,
또 개미줄을 따라 내려오는 다람쥐와
까만 눈망울을 서로 맞추는 아이도 있다.
하기야 어느날은 그 초록의 광휘에 젖어서
한 처녀선생은 반 아이들을 다 끌고 나오니
그 어처구니인들 왜 싱싱하지 않으랴.
아이들의 온갖 주먹다짐, 돌팔매질과 칼끝질에
한군데도 성한 데 없이 상처투성이가 되어
가지 끝에 푸른 울음의 별을 매달곤 해도

반짝이어라, 봄이면 그 상처들에서
고물고물 새잎들을 마구 내밀어
고물거리는 아이들을 마냥 간질여댄다.
그러다 또 몇몇 조숙한 여자아이들이
맑은 갈색 물든 잎새들에 연서를 적다가
총각선생 곧 떠난다는 소문에 술렁이면
우수수, 그 봉싯한 가슴을 애써 쓸기도 하는데,
그 어처구니나 그 밑의 아이들이나
운동장에 치솟는 신발짝, 함성의 높이만큼은
제 꿈과 사랑의 우듬지를 키운다는 걸
늘 야단만 치는 교장선생님도 알 만큼은 안다.
아무렴, 가끔은 함박눈 타고 놀러온 하느님과
상급생들 자꾸 도회로 떠나는 뒷모습 보며
그 느티나무 스승 두런두런, 거기 우뚝한 것을.

●   느티나무가 있어야 사람 사는 동네 같
고, 느티나무가 있어야 학교 같습니다. 아이들이 기어오르기도 하
고, 잠을 자기도 하고, 선생님도 아이들을 다 끌고 나와 놀고 싶게 만
드는 나무, 돌팔매질과 칼질에 상처투성이가 되어도 봄이면 새잎을
내어 아이들을 간질여대는 나무, 아이들의 함성만큼 제 꿈과 사랑의
우듬지를 키우는 나무, 그런 우뚝한 느티나무야말로 우리들의 스승
입니다. 느티나뭇잎 반짝이는 때, 아이들도 선생님도 모두 나뭇잎처
럼 싱싱하길 바랍니다.

운동장에 치솟는 신발짝, 함성의 높이만큼
                    제 꿈과 사랑의 우듬지를 키우는 아이들

늙은 어머니의 발톱을 깎아드리며

이승하

작은 발을 쥐고 발톱 깎아드린다
일흔다섯 해 전에 불었던 된바람은
내 어머니의 첫 울음소리 기억하리라
이웃집에서도 들었다는 뜨거운 울음소리

이 발로 아장아장
걸음마를 한 적이 있었단 말인가
이 발로 폴짝폴짝
고무줄놀이를 한 적이 있었단 말인가
뼈마디를 덮은 살가죽
쪼글쪼글하기가 가뭄못자리 같다
굳은살이 덮인 발바닥
딱딱하기가 거북이 등 같다

발톱 깎을 힘이 없는

늙은 어머니의 발톱을 깎아드린다
가만히 계셔요 어머니
잘못하면 다쳐요
어느날부터 말을 잃어버린 어머니
고개를 끄덕이다 내 머리카락을 만진다
나 역시 말을 잃고 가만히 있으니
한쪽 팔로 내 머리를 감싸안는다

맞닿은 창문이
온몸 흔들며 몸부림치는 날
어머니에게 안기어
일흔다섯 해 동안의 된바람 소리 듣는다.

• 　　　　　　그래요, 우리가 잊고 있었어요. 늙으신
어머니도 그 발로 걸음마를 배우고 고무줄놀이를 하셨지요. 어머니
에게는 어린 날도 없고, 수줍고 고왔던 날도 없는 것처럼 우리는 그
렇게 생각하며 살아온 거지요. 우리는 언제 어머니의 발톱을 깎아드
렸던가요.

어머니에게 안기어

　　　일흔다섯 해 동안의 된바람 소리 듣는다

아이들을 위한 기도

김시천

당신이 이 세상을 있게 한 것처럼
아이들이 나를 그처럼 있게 해주소서
불러 있게 하지 마시고
내가 먼저 찾아가 아이들 앞에
겸허히 서게 해주소서
열을 가르치려는 욕심보다
하나를 바르게 가르치는 소박함을
알게 하소서
위선으로 아름답기보다는
진실로써 피 흘리길 차라리 바라오며
아이들의 앞에 서는 자 되기보다
아이들의 뒤에 서는 자 되기를
바라나이다
당신에게 바치는 기도보다도
아이들에게 바치는 사랑이 더 크게 해주시고

소리로 요란하지 않고
마음으로 말하는 법을 깨우쳐주소서
당신이 비를 내리는 일처럼
꽃밭에 물을 주는 마음을 일러주시고
아이들의 이름을 꽃처럼 가꾸는 기쁨을
남몰래 키워가는 비밀 하나를
끝내 지키도록 해주소서
흙먼지로 돌아가는 날까지
그들을 결코 배반하지 않게 해주시고
그리고 마침내 다시 돌아와
그들 곁에 순한 바람으로
머물게 하소서
저 들판에 나무가 자라는 것처럼
우리 또한 착하고 바르게 살고자 할 뿐입니다.
저 들판에 바람이 그치지 않는 것처럼
우리 또한 우리들의 믿음을 지키고자 할 뿐입니다.

● 　　　　　　당신은 아이들을 위해 기도해본 적이
있는지요? 아이들을 어떻게 가르칠 수 있게 해달라고 기도하는지요?
겸허와 소박함 진실과 사랑이 기도의 내용이 되어 있는지요? 너무
많은 것을 가르치기보다 하나를 바르게 가르칠 수 있게 해달라고 기
도하는지요? "당신에게 바치는 기도보다도 아이들에게 바치는 사랑
이 더 크게 해"달라고 기도한 적이 있는지요? "흙먼지로 돌아가는 날
까지 그들을 결코 배반하지 않게 해"달라고 기도하고 있는지요?

아이들의 이름을 꽃처럼 가꾸는 기쁨을
　　　　　　　　　끝내 지키도록 해주소서

오분간

나희덕

이 꽃그늘 아래서
내 일생이 다 지나갈 것 같다.
기다리면서 서성거리면서
아니, 이미 다 지나갔을지도 모른다.
아이를 기다리는 오분간
아카시아꽃 하얗게 흩날리는
이 그늘 아래서
어느새 나는 머리 희끗한 노파가 되고,
버스가 저 모퉁이를 돌아서
내 앞에 멈추면
여섯살배기가 뛰어내려 안기는 게 아니라
훤칠한 청년 하나 내게로 걸어올 것만 같다.
내가 늙은 만큼 그는 자라서
서로의 삶을 맞바꾼 듯 마주보겠지.

기다림 하나로도 깜박 지나가버릴 생(生),
내가 늘 기다렸던 이 자리에
그가 오래도록 돌아오지 않을 때쯤
너무 멀리 나가버린 그의 썰물을 향해
떨어지는 꽃잎,
또는 지나치는 버스를 향해
무어라 중얼거리면서 내 기다림을 완성하겠지.
중얼거리는 동안 꽃잎은 한 무더기 또 진다.
아, 저기 버스가 온다.
나는 훌쩍 날아올라 꽃그늘을 벗어난다.

●   아까시꽃 하얗게 흩날리는 오월입니
다. 우리도 아까시꽃 밑에서 돌아오는 아이를 기다려본 적이 있지
요. 누군가를 기다리는 동안 우리의 생이 다 지나가버릴 것 같은 날
들이 있지요. 서로의 삶을 맞바꾸며 완성되어가는 기다림에 대해 생
각하는 동안…… 또 꽃잎이 지겠지요.

아카시아꽃 하얗게 흩날리는

　　　이 꽃그늘 아래서 내 일생이 다 지나갈 것 같다

물가에서의 하루

천양희

하늘 한쪽이 수면에 비친다 물총새가 물속을 들여다보고
소금쟁이 몇 개 여울을 만든다 내가 세상에 와
첫 눈을 뜰 때 나는 무엇을 보았을까 하늘보다는
나는 새를 물보다는 물 건너가는 바람을 보았기를 바란다
나는 또 논둑길 너머 잡목숲을 숲 아래 너른 들판을 보았기를
바란다 부산한 삶이 거기서 시작되면 삶에 대해 많은 것을
바라지 않기를 바랐을 것이다 산그늘이 물속까지 따라온다
일렁이는
물결 속 청둥오리들 나보다도 더 오래 물 위를 헤맨다 너는
아는구나 세상에서 가장 좋은 것이 물이라는 걸 아는구나
오늘따라
새들의 날갯짓이 훤히 보인다 작은 잡새라도 하늘에다 커
다란
원을 그리고 낮게 내려갔다 다시 솟아오른다 비상! 절망할
때마다

우린 비상을 꿈꾸었지 날개가 있다면…… 날 수만 있다면…… 날개는

언제나 나는 자의 것이다 뱃전에 기대어 날지 않는 거위를

생각한다 거위의 날개를 생각한다 물은 왜 고이면 썩고 거위는

왜 새이면서 날지 않는가 해가 지니 물소리도 깊어진다 살아 있는

것들의 모든 속삭임이 물이 되어 흐른다면…… 물소리여 너는 세상에 대해

무엇이라 대답할까 또 소리칠까 소리칠 수 있을까

●   물가에서 하루를 보내며 많은 생각을
합니다. 첫 눈을 뜰 때 나는 새와 물 건너가는 바람을 보았기를 바랍
니다. 나는 새를 보며 우리가 꿈꾸던 비상과 날개에 대해 생각합니
다. 고이면 썩는 물과 날지 않는 거위를 생각합니다. 여러분은 첫 눈
을 뜰 때 무엇을 보았나요. 여러분은 지금 고여 있는 물이거나 날지
않는 새는 아닌지요.

절망할 때마다 우린 비상을 꿈꾸었지
                    날개는 언제나 나는 자의 것

June

유월

자연도서관

배한봉

부들과 창포가 뙤약볕 아래서
목하 독서중이다, 바람 불 때마다
책장 넘기는 소리 들리고
더러는 시집을 읽는지 목소리가 창랑(滄浪) 같다
물방개나 소금쟁이가 철없이 장난 걸어올 때에도
어깨 몇번 출렁거려 다 받아주는
싱싱한 오후, 멀리 갯버들도 목하 독서중이다
바람이 풀어놓은 수만권 책으로
설렁설렁 더위 식히는 도서관, 그 한켠에선
백로나 물닭 가족이 춤과 노래 마당 펼치기도 한다
그렇게 하루가 깊어가고
나는 수시로 그 초록이야기 듣는다
그러다가 스스로 창랑의 책이 되는 늪에는
수만 갈래 길이 태어나고
아득한 옛날의 공룡들이 살아나오고

무수한 언어들이 적막 속에서 첨벙거린다
이때부터는 신의 독서시간이다
내일 새벽에는 매우 신선한 바람이 불 것이다
자연도서관에 들기 위해서는
날마다 샛별에 마음 씻어야 한다

바람이 풀어놓은 수만권 책으로
　　　　　　　　설렁설렁 더위 식히는 자연도서관,
하루가 깊어가고 나는 수시로 그 초록이야기 듣는다

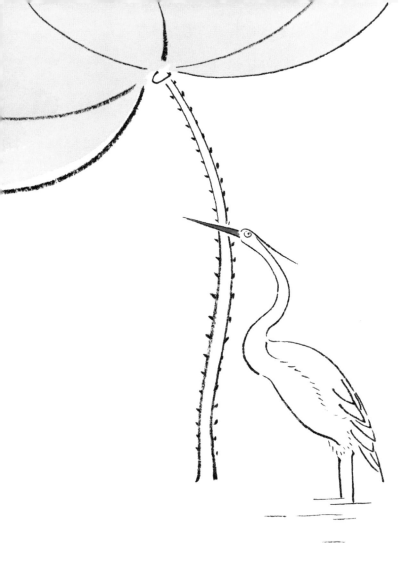

•   6월 5일은 환경의 날입니다. 우포늪의 부들과 창포 사이로 바람이 불 때마다 화자는 책장 넘기는 소리가 들리는 것처럼 느낍니다. 창랑, 즉 푸른 물결소리 때문인지도 모르겠습니다. 여러분도 여름 늪이 전해주는 초록이야기를 들어보셨는지요? 아름다운 자연이 책보다 더 많은 것을 주는 자연도서관이라고 느껴본 적이 있는지요?

단오

곽재구

사랑하는 이여
강가로 나와요

작은 나룻배가 사공도 없이
저 혼자 아침햇살을 맞는 곳

지난밤
가장 아름다운 별들이
눈동자를 빛내던 신비한 여울목을
찾아헤매었답니다

사랑하는 이여
그곳으로 와요
그곳에서 당신의 머리를 감겨드리겠어요
햇창포 꽃잎을 풀고

매화향 깊게 스민 촘촘한 참빗으로
당신의 머리칼을 소복소복 빗겨드리겠어요

그런 다음
노란 원추리꽃 한 송이를
당신의 검은 머리칼 사이에
꽂아드리지요

사랑하는 이여
강가로 나와요
작은 나룻배가 은빛 물살들과
도란도란 이야기하는 곳
그곳에서 당신의 머리를 감겨드리겠어요
그곳에서 당신의 머리칼을 빗겨드리겠어요

• 음력 5월 5일은 단오입니다. 고요하고
밝은 강가, 아름답고 신비한 여울목에서 사랑하는 이의 머리를 감겨
주고 싶은 단오입니다. "햇창포 꽃잎을 풀고 매화향 깊게 스민 촘촘
한 참빗으로 당신의 머리칼을 소복소복 빗겨드리"고 싶은 날, 그 머
리 위에 원추리꽃 한 송이 꽂아드리고 싶은 내 사랑은 어디에 계시
는지요.

사랑하는 이여 강가로 나와요
그곳에서 매화향 깊게 스민 참빗으로
　　　　당신의 머리를 빗겨드리겠어요

오늘은 일찍 집에 가자

이상국

오늘은 일찍 집에 가자
부엌에서 밥이 잦고 찌개가 끓는 동안
헐렁한 옷을 입고 아이들과 뒹굴며 장난을 치자
나는 벌 서듯 너무 밖으로만 돌았다
어떤 날은 일찍 돌아가는 게
세상에 지는 것 같아서
길에서 어두워지기를 기다렸고
또 어떤 날은 상처를 감추거나
눈물자국을 안 보이려고
온몸에 어둠을 바르고 돌아가기도 했다
그러나 이제는 일찍 돌아가자
골목길 감나무에게 수고한다고 아는 체를 하고
언제나 바쁜 슈퍼집 아저씨에게도
이사 온 사람처럼 인사를 하자
오늘은 일찍 돌아가서

아내가 부엌에서 소금으로 간을 맞추듯
어둠이 세상 골고루 스며들면
불을 있는 대로 켜놓고
숟가락을 부딪치며 저녁을 먹자

●   여러분도 그러셨는지요? 일찍 집으로
돌아가는 게 세상에 지는 것 같아서 밖으로만 돌곤 했는지요? 상처
나 눈물 자국을 안 보이려고 어둠이 깊어서야 돌아가기도 했는지요?
오늘은 일찍 돌아가시기를, 헐렁한 옷을 입고 아이들과 뒹굴며 장난
도 치기를, 숟가락을 부딪치며 저녁을 먹을 수 있기를.

어둠이 골고루 스며들면 불을 있는 대로 켜놓고
                        숟가락을 부딪치며 저녁을 먹자

단촌국민학교

김용락

뻘새가 서편 하늘에 수를 놓으면
은버드나무 그늘이 교정을 안개처럼 하얗게 덮고
계단 밑의 살구나무가 신열을 앓듯이
살구꽃 향기를 보리밭으로 흘러보내던
단촌국민학교
콧수건을 접어 훈장처럼 가슴에 달고
땡땡땡
사변 때 포탄껍질로 만든 쇠종소리에 발도 맞추면서
검정고무신에 새끼줄을 동여매고 공차기도 하고
달빛과 어우러져
측백나무 울타리 밑을 기어다니며 술래잡기도 하던
내 유년의 성터에서
모두들 어디 갔을까
이젠 모두들 어디 갔을까
장다리꽃처럼 키가 껑충하던 첫사랑 내 여선생님도

샘이 유난히 많던 짝꿍 순이도
손풍금소리에 맞추어 울면서 어머님 은혜를 따라 부르시던
백발의 울보 교장선생님도 이젠 없는
흰구름만 둥실 떠가는
단촌국민학교
모두들 어디로 숨어버렸을까
20년 만에 서본 운동장은 텅 비어 쓸쓸하고
호루라기 소리에 맞추어 물개구리처럼 뛰고 배우던 우리들
의 학습
그 싱싱하고 물빛으로 반짝이던 희망의 이름들
자유, 진리, 정의, 민족, 평등, 민주주의, 사랑, 평화
그 이름들이 아직도 교정 구석구석에 남아 있을까
손때 묻은 책상에서 어린이들은
여전히 꿈을 가지고 그 이름들을 쏭알쏭알 외면서 푸른 하
늘을 향해

그들의 키를 쑥쑥 키울까
추억과 현실의 단촌국민학교
그립고 아름다운 내 사랑의 파편.

여러분이 다닌 초등학교도 살구꽃 향기를 보리밭으로 흘려보내던 이런 학교였는지요? 포탄껍질로 만든 쇠종소리와 첫사랑 선생님과 짝꿍은 모두들 어디에 가 있을까요? 자유, 진리, 정의, 민족, 평등, 민주주의, 사랑, 평화는 아직도 그 교정에 남아 있을까요? 어린이들은 여전히 꿈을 가지고 그 이름들을 외우고 있을까요? 아니 내게는 남아 있을까요? 전쟁도 있었고 화해도 있었고 민주주의를 위한 싸움도 있었던 유월이 가고 있습니다.

싱싱하고 물빛으로 반짝이던 이름들
　　　　　　그립고 아름다운 내 사랑의 파편

July

칠월

흑백사진

7월

정일근

　내 유년의 7월에는 냇가 잘 자란 미루나무 한 그루 솟아오르고 또 그 위 파란 하늘에 뭉게구름 내려와 어린 눈동자 속 터져나갈 듯 가득 차고 찬물들은 반짝이는 햇살 수면에 담아 쉼없이 흘러갔다. 냇물아 흘러흘러 어디로 가니, 착한 노래들도 물고기들과 함께 큰 강으로 헤엄쳐가버리면 과수원을 지나온 달콤한 바람은 미루나무 손들을 흔들어 차르르차르르 내 겨드랑에도 간지러운 새잎이 돋고 물아래까지 헤엄쳐가 누워 바라보는 하늘 위로 삐뚤삐뚤 헤엄쳐 달아나던 미루나무 한 그루. 달아나지 마 달아나지 마 미루나무야, 귀에 들어간 물을 뽑으려 햇살에 데워진 둥근 돌을 골라 귀를 가져다대면 허기보다 먼저 온몸으로 퍼져오던 따뜻한 오수, 점점 무거워져오는 눈꺼풀 위로 멀리 누나가 다니는 분교의 풍금소리 쌓이고 미루나무 그늘 아래에서 7월은 더위를 잊은 채 깜박 잠이 들었다.

● 칠월입니다. 그대의 유년에는 어떤 나무가 옆에 있었는지요? 그대 곁에도 잘 자란 미루나무 한 그루 솟아 있었는지요? 그대 어린 눈동자 속에도 파란 하늘과 뭉게구름 가득 차고, 착한 노래들이 강을 따라 흘러갔는지요? 그 강물에 누워 헤엄을 치며 물을 따라 흘러내려가던 미루나무를 본 적이 있는지요? 그 강가에서 학교의 풍금소리를 들으며 따뜻한 오수에 잠기던 시간이 있었는지요?

누나가 다니는 분교의 풍금소리 쌓이고
　　　미루나무 그늘 아래에서 7월은 깜박 잠이 들었다

가로등이 있는 숲길

양애경

초여름 저녁 어스름
산책로로 접어드는데
파득, 하고
가로등이 날개 펴는 소리가 들렸어요
올려다보니
빛의 씨앗이 점점 더 붉게
더 환하게 켜지더니
밤의 우주를 향해 열린 커다란 등대가 되더군요

내 마음도 가로등처럼 켜져서
우주를 향해
그대, 나 외로워!
라고
나와 밤하늘만 들을 수 있는
큰 소리로 외쳤어요

빛의 빠르기로 대답이 와도
몇천년 후에야 이 자리에 도착할지 몰라요

산새가 가쁜 내 숨소리를 따라와서
자기도 답.답.해. 답.답.하다고
나무 위에서 큰 소리로 울어줬어요

하늘엔 초승달과 별이 마주보며
저렇게 수줍게 열려 있는데

밤이 다가온 숲과
사람이 사는 마을 사이
저렇게 아름다운 불빛들이 걸렸는데……

●　　　　　　　저녁 어스름 혼자 걷는 산책길. 가로등
이 날개 펴는 소리를 내며 불을 밝힙니다. 우주를 향해 등대불처럼
환하게 퍼져나가는 불빛처럼 내 마음도 그대를 향해 그렇게 켜지기
를 바랍니다. 내가 외로워 소리쳐도 언제 도착할지 알 수 없는 그대
의 목소리. 사람의 마을에는 아름다운 불빛들이 걸렸는데, 산새만
대신 울어줄 뿐 그대는 없는 길. 그런 외로운 산책길을 오늘도 혼자
걷는 이 있지요.

숲과 사람이 사는 마을 사이
　　　　저렇게 아름다운 불빛들이 걸렸는데……

흰둥이 생각

손택수

　손을 내밀면 연하고 보드라운 혀로 손등이며 볼을 쓰윽, 쓱 핥아주며 간지럼을 태우던 흰둥이. 보신탕감으로 내다 팔아야겠다고, 어머니가 앓아누우신 아버지의 약봉지를 세던 밤. 나는 아무도 몰래 대문을 열고 나가 흰둥이 목에 걸린 쇠줄을 풀어주고 말았다. 어서 도망가라, 멀리멀리, 자꾸 뒤돌아보는 녀석을 향해 돌팔매질을 하며 아버지의 약값 때문에 밤새 가슴이 무거웠다. 다음날 아침 멀리 달아났으리라 믿었던 흰둥이가 아무 일도 없었다는 듯이 돌아와서 그날따라 푸짐하게 나온 밥그릇을 바닥까지 다디달게 핥고 있는 걸 보았을 때, 어린 나는 그예 꾹 참고 있던 울음보를 터뜨리고 말았는데

　흰둥이는 그런 나를 다만 젖은 눈빛으로 핥아주는 것이었다. 개장수의 오토바이에 끌려가면서 쓰윽, 쓱 혀보다 더 축축이 젖은 눈빛으로 핥아주고만 있는 것이었다.

●　　　　　　　　　　이 흰둥이. 어디서 본 적 있는 흰둥이.
어릴 때 우리집에서도 길러본 적이 있는 것 같은 흰둥이. "손을 내밀
면 연하고 보드라운 혀로 손등이며 볼을 쓰윽" 핥아주던 흰둥이. 정
깊이 들어 헤어지려면 눈물나던 짐승. 아버지의 약값 때문에 가슴
무거우면서도 살려주고 싶던 흰둥이. 바보같이 다시 돌아와 개장수
의 오토바이에 끌려가면서 눈빛이 축축이 젖어 있던 그 흰둥이는 지
금 어디에 있을까요.

팔려가는 흰둥이가 나를
　　　혀보다 더 축축이 젖은 눈빛으로 핥아주는 것이었다

별, 아직 끝나지 않은 기쁨

마종기

오랫동안 별을 싫어했다. 내가 멀리 떨어져 살고 있기 때문인지 너무나 멀리 있는 현실의 바깥에서, 보였다 안 보였다 하는 안쓰러움이 싫었다. 외로워 보이는 게 싫었다. 그러나 지난 여름 북부 산맥의 높은 한밤에 만난 별들은 밝고 크고 수려했다. 손이 담길 것같이 가까운 은하수 속에서 편안히 누워 잠자고 있는 맑은 별들의 숨소리도 정다웠다.

사람만이 얼굴을 들어 하늘의 별을 볼 수 있었던 옛날에는 아무데서나 별과 이야기를 나눌 수 있었다. 그러나 시간이 빨리 지나가는 요즈음, 사람들은 더이상 별을 믿지 않고 희망에서도 등을 돌리고 산다. 그 여름 얼마 동안 밤새껏, 착하고 신기한 별밭을 보다가 나는 문득 돌아가신 내 아버지와 죽은 동생의 얼굴을 보고 반가운 이야기를 나누기도 했다.

사랑하는 이여.

세상의 모든 모순 위에서 당신을 부른다.
괴로워하지도 슬퍼하지도 말아라.
순간적이 아닌 인생이 어디에 있겠는가.
내게도 지난 몇해는 어렵게 왔다.
그 어려움과 지친 몸에 의지하여 당신을 보느니
별이여, 아직 끝나지 않은 애통한 미련이여,
도달하기 어려운 곳에 사는 기쁨을 만나라.
당신의 반응은 하느님의 선물이다.
문을 닫고 불을 끄고
나도 당신의 별을 만진다.

●　　　　　　　　　　　　그렇지요. 우리들도 "더이상 별을 믿지 않고 희망에서도 등을 돌리고" 살지요. 아니 별을 바라볼 시간조차 없지요. 그러나 우리 눈에 착한 별밭이 들어오고 맑은 별들의 숨소리가 정답게 느껴지는 날이 찾아오면 별들이 들려주는 이야기를 들을 수 있을 거예요. "괴로워하지도 슬퍼하지도 말아라. 순간적이 아닌 인생이 어디에 있겠는가. 내게도 지난 몇해는 어렵게 왔다." 이런 위로의 말, "끝나지 않은 애통한 미련"이 기쁨이 되는 말을.

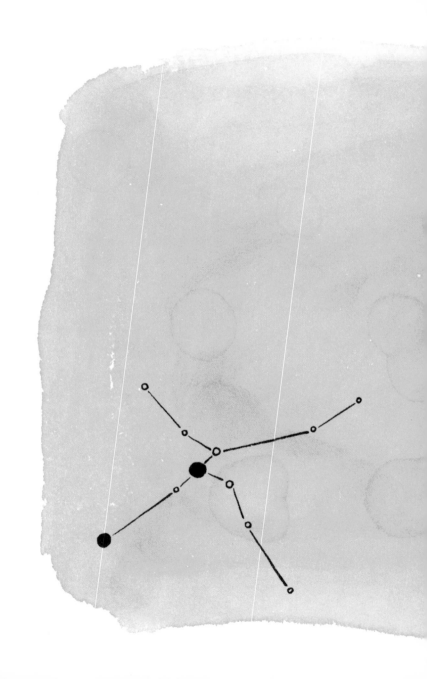

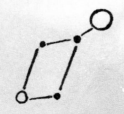

사랑하는 이여

　　　세상의 모든 모순 위에서 당신을 부른다

문을 닫고 불을 끄고 당신의 별을 만진다

구부러진 길

이준관

나는 구부러진 길이 좋다.
구부러진 길을 가면
나비의 밥그릇 같은 민들레를 만날 수 있고
감자를 심는 사람을 만날 수 있다.
날이 저물면 울타리 너머로 밥 먹으라고 부르는
어머니의 목소리도 들을 수 있다.
구부러진 하천에 물고기가 많이 모여 살듯이
들꽃도 많이 피고 별도 많이 드는 구부러진 길.
구부러진 길은 산을 품고 마을을 품고
구불구불 간다.
그 구부러진 길처럼 살아온 사람이 나는 또한 좋다.
반듯한 길 쉽게 살아온 사람보다
흙투성이 감자처럼 울퉁불퉁 살아온 사람의
구불구불 구부러진 삶이 좋다.
구부러진 주름살에 가족을 품고 이웃을 품고 가는
구부러진 길 같은 사람이 좋다.

•   구부러진 길은 천천히 가야 하는 길입
니다. 구부러진 길은 꽃과 사람을 만나며 가는 길입니다. 앞만 보고
달려가는 직선의 길이 아닙니다. 산도 넘고 사람 사는 마을도 지나서
가는 길입니다. 사람들과 함께 가는 길입니다. 사람도 쉬운 길로 혼
자서만 가는 사람이 있고 구부러진 길을 택해 가족과 함께, 이웃과
함께 가는 사람이 있습니다. 그대는 지금 어떤 길로 가고 있는지요.

구부러진 삶이 좋다
          구부러진 길처럼 살아온 사람이 나는 좋다

A u g u s t

바닷가에 대하여

정호승

누구나 바닷가 하나씩은 자기만의 바닷가가 있는 게 좋다
누구나 바닷가 하나씩은 언제나 찾아갈 수 있는
자기만의 바닷가가 있는 게 좋다
잠자는 지구의 고요한 숨소리를 듣고 싶을 때
지구 위를 걸어가는 새들의 작은 발소리를 듣고 싶을 때
새들과 함께 수평선 위로 걸어가고 싶을 때
친구를 위해 내 목숨을 버리지 못했을 때
서럽게 우는 어머니를 껴안고 함께 울었을 때
모내기가 끝난 무논의 저수지 둑 위에서
자살한 어머니의 고무신 한 짝을 발견했을 때
바다에 뜬 보름달을 향해 촛불을 켜놓고 하염없이
두 손 모아 절을 하고 싶을 때
바닷가 기슭으로만 기슭으로만 끝없이 달려가고 싶을 때
누구나 자기만의 바닷가가 하나씩 있으면 좋다
자기만의 바닷가로 달려가 쓰러지는 게 좋다

그대는 어떤 날 바다를 찾아가는지요. 새들과 함께 수평선을 걸어가고 싶은 날 바다로 달려가나요? 괴롭고 눈물이 날 때면 바다를 찾아가나요? 그럴 때 찾아가는 바다는 어떤 바다인지요? 그럴 때 찾아가는 자기만의 바닷가가 있다면 얼마나 좋을까요. 그대도 그런 그대만의 바닷가가 있는지요?

누구나 바닷가 하나씩은
언제나 찾아갈 수 있는
자기만의 바닷가가 있는 게 좋다

저물 무렵

안도현

저물 무렵 그애와 나는 강둑에 앉아서
강물이 사라지는 쪽 하늘 한 귀퉁이를 적시는
노을을 자주 바라보곤 하였습니다
둘 다 말도 없이 꼼짝도 하지 않고 있었지만
그애와 나는 저무는 세상의 한쪽을
우리가 모두 차지한 듯싶었습니다
얼마나 아늑하고 평화로운 날들이었는지요
오래오래 그렇게 앉아 있다가 보면
양쪽 볼이 까닭도 없이 화끈 달아오를 때도 있었는데
그것이 처음에는 붉은 노을 때문인 줄로 알았습니다
흘러가서는 되돌아오지 않는 물소리가
그애와 내 마음속에 차곡차곡 쌓이는 동안
그애는 날이 갈수록 부쩍 말수가 줄어드는 것이었고
나는 손 한번 잡아주지 못하는 자신이 안타까웠습니다
다만 손가락으로 먼 산의 어깨를 짚어가며

강물이 적시고 갈 그 고장의 이름을 알려주는 일은
내가 할 수 있는 유일한 자랑이었습니다
강물이 끝나는 곳에 한없이 펼쳐져 있을
여태 한번도 가보지 못한 큰 바다를
그애와 내가 건너야 할 다리 같은 것으로 여기기 시작한 것은
바로 그때부터였습니다
날마다 어둠도 빨리 왔습니다
그애와 같이 살 수 있는 집이 있다면 하고 생각하며
마을로 돌아오는 길은 늘 어쩌나 쓸쓸하고 서럽던지
가시에 찔린 듯 가슴이 따끔거리며 아팠습니다
그러던 어느날 그애와 나는
누가 먼저랄 것도 없이 입술을 포개었던 날이 있었습니다
잊을 수가 없습니다 그애의 어린 숨소리를
열몇살 열몇살 내 나이를 내가 알고 있는 산수공식을
아아 모두 삼켜버릴 것 같은 노을을 보았습니다

저물 무렵 그애와 나는 강둑에 앉아 있었습니다
그때 우리가 세상을 물들이던 어린 노을인 줄을
지금 생각하면 아주 조금 알 것도 같습니다

●   우리가 어린 노을이던 날의 사랑은 아름답습니다. 저물 무렵 강둑에 나란히 앉아서 "손 한번 잡아주지 못하는 자신이 안타"깝기만 하던 날들의 풋풋한 사랑. 그애와 건너야 할 바다, 그애와 살고 싶은 집, 이런 것들을 생각하며 가슴 따끔거리던 날들. 처음 입술을 포개던 날 들었던 여린 숨소리와 열몇살 열몇살 내 나이를 우리는 오래오래 잊지 못합니다. 음력으로 7월 7일은 견우와 직녀가 일년에 한번 만나는 칠석입니다. 지상에서 못 이룬 사랑이 하늘에서라도 꼭 이루어지기를 소망하는 날입니다. 그러나 부디 지상에서도 아름답게 사랑하시길.

우리가 세상을 물들이던 어린 노을인 줄을
지금 생각하면 아주 조금 알 것도 같습니다

비가 와도 젖은 자는

순례1

오규원

강가에서
그대와 나는 비를 멈출 수 없어
대신 추녀 밑에 멈추었었다
그후 그 자리에 머물고 싶어
다시 한번 멈추었었다

비가 온다, 비가 와도
강은 젖지 않는다. 오늘도
나를 젖게 해놓고, 내 안에서
그대 안으로 젖지 않고 옮겨가는
시간은 우리가 떠난 뒤에는
비 사이로 혼자 들판을 가리라.

혼자 가리라. 강물은 흘러가면서
이 여름을 언덕 위로 부채질해 보낸다.

날려가다가 언덕 나무에 걸린
여름의 옷 한자락도 잠시만 머문다.

고기들은 강을 거슬러올라
하늘이 닿는 지점에서 일단 멈춘다.
나무, 사랑, 짐승 이런 이름 속에
얼마 쉰 뒤
스스로 그 이름이 되어 강을 떠난다.

비가 온다. 비가 와도
젖은 자는 다시 젖지 않는다.

●   젖지 않고 가는 인생은 없지요. 그대와
함께 멈추어서서 비를 피하던 자리에 서봅니다. 시간은 흐르고, 여
름의 강물도 흐르고, 지금 그대는 내 옆에 없습니다. 비를 맞아도 젖
지 않고 가는 강을 봅니다. 한번 젖은 자는 다시 젖지 않는다는 사실
을 생각합니다. 이미 충분히 젖었으므로.

비가 온다 비가 와도

　　젖은 자는 다시 젖지 않는다

사랑하는 별 하나

이성선

나도 별과 같은 사람이
될 수 있을까.
외로워 처다보면
눈 마주쳐 마음 비춰주는
그런 사람이 될 수 있을까.

나도 꽃이 될 수 있을까.
세상 일이 괴로워 쓸쓸히 밖으로 나서는 날에
가슴에 화안히 안기어
눈물짓듯 웃어주는
하얀 들꽃이 될 수 있을까.

가슴에 사랑하는 별 하나를 갖고 싶다.
외로울 때 부르면 다가오는

별 하나를 갖고 싶다.

마음 어둔 밤 깊을수록
우러러 쳐다보면
반짝이는 그 맑은 눈빛으로 나를 씻어
길을 비추어주는
그런 사람 하나 갖고 싶다.

● 　　　　　　　　　 누구나 되고 싶은 것도 많고 갖고 싶은
것도 많습니다. 그 많은 것 중에 별과 같은 사람이 되고 싶고, 들꽃이
되고 싶은 사람은 어떤 사람일까요. 그 역시 눈빛이 별같이 맑고, 들
꽃처럼 환하게 웃어주는 사람일 겁니다. 그대가 갖고 싶은 사람은
어떤 사람인지요. 아니 그대는 곁에 있는 사람에게 어떤 사람으로
있는지요?

외로울 때 부르면 다가오는 별 하나를 갖고 싶다

September

구월

9월도 저녁이면

강연호

9월도 저녁이면 바람은 이분쉼표로 분다
괄호 속의 숫자놀이처럼
노을도 생각이 많아 오래 머물고
하릴없이 도랑 막고 물장구치던 아이들
집 찾아 돌아가길 기다려 등불은 켜진다
9월도 저녁이면 습자지에 물감 번지듯
푸른 산그늘 골똘히 머금는 마을
빈집의 돌담은 제풀에 귀가 빠지고
지난여름은 어떠했나 살갗의 얼룩 지우며
저무는 일 하나로 남은 사람들은
묵묵히 밥상 물리고 이부자리를 편다
9월도 저녁이면 삶이란 죽음이란
애매한 그리움이란
손바닥에 하나 더 새겨지는 손금 같은 것
지난여름은 어떠했나
9월도 저녁이면 죄다 글썽해진다

●　　　　　　　　　　　　어느새 구월입니다. 구월의 저녁엔 바
람도 천천히 이분쉼표로 불어오는 게 느껴지는지요? 노을도 생각이
많아져 오래 머물고 있는 게 보이는지요? 지난여름은 어떠셨나요?
삶과 죽음 그리고 그리움이란 것도 정말 늘어나는 손금 같은 것일까
요? 흐르는 세월을 생각하며 글썽해지는 가을입니다.

삶이란 그리움이란
　　　　손바닥에 하나 더 새겨지는 손금 같은 것

내가 만난 사람은 모두 아름다웠다

이기철

잎 넓은 저녁으로 가기 위해서는
이웃들이 더 따뜻해져야 한다
초승달을 데리고 온 밤이 우체부처럼
대문을 두드리는 소리를 듣기 위해서는
채소처럼 푸른 손으로 하루를 씻어놓아야 한다
이 세상에 살고 싶어서 별을 쳐다보고
이 세상에 살고 싶어서 별 같은 약속도 한다
이슬 속으로 어둠이 걸어들어갈 때
하루는 또 한번의 작별이 된다
꽃송이가 뚝뚝 떨어지며 완성하는 이별
그런 이별은 숭고하다
사람들의 이별도 저러할 때
하루는 들판처럼 부유하고
한 해는 강물처럼 넉넉하다
내가 읽은 책은 모두 아름다웠다

내가 만난 사람도 모두 아름다웠다
나는 낙화만큼 희고 깨끗한 발로
하루를 건너가고 싶다
떨어져서도 향기로운 꽃잎의 말로
내 아는 사람에게
상추잎 같은 편지를 보내고 싶다

•   얼마나 맑고 깨끗해져야 "내가 만난 사람은 모두 아름다웠다"고 말할 수 있을까요? "내가 읽은 책은 모두 아름다웠다"고 말할 수 있을까요? 저무는 것들, 지는 것들을 바라보며 '완성하는 이별' '숭고한 이별'을 생각할 수 있어야 "하루는 들판처럼 부유하고 한 해는 강물처럼 넉넉하다"고 시인은 말합니다. 그대가 만나고 작별한 사람도 모두 아름다운 사람이었기를 바랍니다.

떨어져서도 향기로운 꽃잎의 말로

편지를 보내고 싶다

여보! 비가 와요

신달자

아침에 창을 열었다
여보! 비가 와요
무심히 빗줄기를 보며 던지던
가벼운 말들이 그립다
오늘은 하늘이 너무 고와요
혼잣말 같은 혼잣말이 아닌
그저 그렇고
아무렇지도 않고 예쁠 것도 없는
사소한 일상용어들을 안아 볼을 대고 싶다

너무 거칠었던 격분
너무 뜨거웠던 적의
우리들 가슴을 누르던 바위 같은
무겁고 치열한 싸움은
녹아 사라지고

가슴을 울렁거리며
입이 근질근질 하고 싶은 말은
작고 하찮은
날씨이야기 식탁 위의 이야기
국이 싱거워요?
밥 더 줘요?
뭐 그런 이야기
발끝에서 타고 올라와
가슴 안에서 쾅 하고 울려오는
삶 속의 돌다리 같은 소중한 말
안고 비비고 입술 대고 싶은
시시하고 말도 아닌 그 말들에게
나보다 먼저 아침밥 한 숟가락 떠먹이고 싶다

● 정지용 「향수」에서.

평범한 일상의 이야기를 늘 나누며 지낼 수 있는 사람이 가장 가까운 사람입니다. 거창한 이야기를 가끔씩 주고받는 사람보다 작고 하찮아 보이는 이야기를 언제나 나누며 살 수 있는 사람이 내게 더 소중한 사람입니다. 평범함의 소중함, 우리는 그것을 잊고 살고 있습니다. 가벼운 말들은 결코 가벼운 게 아닙니다. '아무렇지도 않고 예쁠 것도 없는' 그 말들이야말로 우리를 살게 하는 힘입니다.

삶 속의 돌다리 같은 소중한 말
그 말들에게 아침밥 한 숟가락 떠먹이고 싶다

섬진강 17
동구

김용택

추석에 내려왔다
추수 끝내고 서울 가는 아우야
동구 단풍 물든 정자나무 아래
— 차비나 혀라
— 있어요 어머니
철 지난 옷 속에서
꼬깃꼬깃 몇푼 쥐여주는
소나무 껍질 같은 어머니 손길
차마 뒤돌아보지 못하고
고개 숙여 텅 빈 들길
터벅터벅 걸어가는 아우야
서울길 삼등열차
동구 정자나뭇잎 바람에 날리는
쓸쓸한 고향마을
어머니 모습 스치는 차창에 머리를 기대고
어머니 어머니 부를 아우야

찬 서리 내린 겨울 아침
손에 쩍쩍 달라붙는 철근을 일으키며
공사판 모닥불 가에 몸 돌리며 앉아 불을 쬐니
팔리지 않고 서 있던 앞산 붉은 감들이
눈에 선하다고
불길 속에 선하다고
고향마을 떠나올 때
어여 가 어여 가 어머니 손길이랑
눈에 선하다고
강 건너 콩동이랑
들판 나락가마니랑
누가 다 져날랐는지요 아버님
불효자식 올림이라고
불효자식 올림이라고
너는 편지를 쓸 것이다.

● 시골에서 태어나 도시에서 일하며 사는 많은 사람들에게는 두고 온 어머니 아버지와 쓸쓸한 고향이 있습니다. 사는 게 여의치 않아서 자주 가지는 못하고 추석이면 내려갔다가 차창에 머리를 기댄 채 입속으로 어머니를 부르며 돌아오는 때가 있습니다. 불효자식 올림이라고 편지를 쓰게 되는 때가 있습니다. "차비나 혀라" "있어요 어머니" 그러면서 잡았던 소나무 껍질 같은 어머니 손길이 잊혀지지 않는 날이 있습니다.

단풍 물든 정자나무 아래 꼬깃꼬깃 몇푼 쥐여주는
소나무 껍질 같은 어머니 손길

October

시월

그대의 발명

박정대

느티나무 잎사귀 속으로 노오랗게 가을이 밀려와 우리집 마당은 옆구리가 화안합니다

그 환함 속으로 밀려왔다 또 밀려나가는 이 가을은 바라보는 것만으로도 가슴 벅찬 한장의 음악입니다

누가 고독을 발명했습니까 지금 보이는 것들이 다 음악입니다

나는 지금 느티나무 잎사귀가 되어 고독처럼 알뜰한 음악을 연주합니다

누가 저녁을 발명했습니까 누가 귀뚜라미 울음소리를

사다리 삼아서 저 밤하늘에 있는 초저녁 별들을 발명했습니까

그대를 꿈꾸어도 그대에게 가닿을 수 없는 마음이 여러 곡

의 음악을 만들어내는 저녁입니다

　음악이 있어 그대는 행복합니까 세상의 아주 사소한 움직임
도 음악이 되는 저녁, 나는 아무것도 하고 싶지 않아, 누워서
그대를 발명합니다

● 　　　　　　　느티나무 잎이 노랗게 물드는 가을.
"이 가을은 바라보는 것만으로도 가슴 벅찬 한장의 음악"이 된다고
시인은 말합니다. 고독하기 때문이겠지요. 그러나 고독도, 가을 저
녁도, 귀뚜라미 울음소리와 초저녁 별들도, 그대에게 가닿을 수 없
는 마음도 다 음악이 되는 저녁. 그대도 사랑하는 이를 생각하며 가
슴에서 음악소리 울려옵니까.

그대에게 가닿을 수 없는 마음이
　　　　　　　음악을 만들어내는 저녁입니다

아름다운 사람을 만나고 싶다

정안면

아름다운 사람을 만나고 싶다.
항상 마음이 푸른 사람을 만나고 싶다.
항상 푸른 잎새로 살아가는 사람을
오늘 만나고 싶다.
언제 보아도 언제 바람으로 스쳐 만나도
마음이 따뜻한 사람
밤하늘의 별 같은 사람을 만나고 싶다.
세상의 모든 유혹과 폭력 앞에서도 흔들리지 않고
언제나 제 갈 길을 묵묵히 걸어가는
의연한 사람을 만나고 싶다.
언제나 마음을 하늘로 열고 사는
아름다운 사람을 만나고 싶다.

오늘 거친 삶의 벌판에서
언제나 청순한 마음으로 사는

사슴 같은 사람을 만나고 싶다.
모든 삶의 굴레 속에서도 비굴하지 않고
언제나 화해와 평화스런 얼굴로 살아가는
그런 세상의 사람을 만나고 싶다.

아름다운 사람을 만나고 싶다.
오늘 아름다운 사람을 만나서
마음이 아름다운 사람의 마음에 들어가서
나도 그런
아름다운 마음으로 살고 싶다.
아침햇살에 투명한 이슬로 반짝이는 사람
바라다보면 바라다볼수록 온화한 미소로
마음이 편안한 사람을 만나고 싶다.
결코 화려하지도 투박하지도 않으면서
소박한 삶의 모습으로

오늘 제 삶의 갈 길을 묵묵히 가는
그런 사람의 아름다운 마음 하나 곱게 간직하고 싶다.

●　　　　　　　　　　누구나 아름다운 사람을 만나고 싶어
합니다. 저마다 만나고 싶어하는 아름다운 사람이 있습니다. 그대가
만나는 아름다운 사람도 항상 마음이 푸른 사람인지요? 푸른 잎새처
럼 싱싱하고 새로운 사람인지요? 언제 만나도 마음이 늘 따뜻한 사
람인지요? "세상의 모든 유혹과 폭력 앞에서도 흔들리지 않고 언제
나 제 갈 길을 묵묵히 걸어가는 의연한 사람"인지요? 그대가 만나는
사람도 그대를 아름다운 사람으로 생각하는지요? 그대가 만나는 사
람도 그대를 만나면 편안해하고, 그대처럼 아름답게 살고 싶다고 말
하는지요? 화려하지도 투박하지도 않지만 꾸미지 않은 소박한 삶의
모습을 아름답다고 말하는 사람인지요?

아름다운 사람의 마음에 들어가서
　　　　　나도 아름다운 마음으로 살고 싶다

볍씨 말리는 길

고영민

집 밖을 나섰습니다. 검은 아스팔트 위에 노랗게 펴 말린 볍씨들이 가지런합니다. 햇살에선 오래된 볏짚 냄새가 풍기고 마을은 이제 편하게 쉬고 있습니다. 참 오랜만의 휴식입니다. 이런 날은 길이 어려운 것이 아닙니다. 발소리를 죽이며 걷는 이 길, 걸음을 옮길 때마다 발밑에선 볍씨들이 소곤거리는 소리가 들립니다. 누런 볍씨 속에 들어 있는 흰쌀, 영혼들. 나는 문득 저 길의 끝, 일년 내내 못물에 발목을 적시며 준비한 정갈한 저녁밥상을 떠올립니다. 텅 빈 무논 한가운데 흰 백로가 허리를 구부려 마음자락에 떨어진 이삭 하나를 줍습니다. 이 역시 소담하게 차려진 한 그릇의 쌀밥입니다. 그림자를 길게 펼쳐놓고 출출한 햇살 한줄기가 볍씨 하나하나를 오랫동안 어루만집니다. 나는 무릎을 짚고 일어나 널어놓은 볍씨를 가래로 몰아 챙깁니다. 곧 이슬이 내릴 시간, 볍씨들은 노란 껍질을 여미고 하루종일 데운 제 몸으로 저녁의 입구를 향해 걸어들어갈 준비를 하고 있습니다. 대숲을 향해 새떼의 고삐를 쥐고 가

166

는 노곤한 서녘 하늘은 텅 비어 어둡고 이슥토록 노을 한자락
은 허기진 산을 채 넘지 못해, 너머엔 아직 길이 환합니다.

●   길 위 널어놓은 볍씨들이 가을볕에 잘 마르고 있습니다. 그 볍씨 속에 들어 있는 흰쌀, 우리 앞에 놓이는 정 갈한 저녁밥상과 흰 쌀밥 한 그릇도 일년 내내 못물에 발목을 적시 며 준비한 것임을 생각합니다. 씨 뿌리고 가꾸고 거두는 일의 숭고 함에 대해 생각합니다. 그 일의 순간순간에서 마지막까지 경건하지 않은 것이 없습니다. 가을 저녁 길이 환합니다.

허리를 구부려 마음자락에 떨어진

이삭 하나를 줍습니다

가을 문안

김종해

나는 당신이 어디가 아픈지 알고 있어요.
알고 있어요, 하지만 나는 말할 수 없습니다.
오오, 말할 수 없는 우리의 슬픔이
어둠속에서 굳어져 별이 됩니다.
한밤에 떠 있는 우리의 별빛을 거두어
당신의 등잔으로 쓰서요.
깊고 깊은 어둠속에서만 가혹하게 빛나는 우리의 별빛
당신은 그 별빛을 거느리는 목자가
어디 있는지 알고 있어요.
종루에 내린 별빛은 종을 이루고
종을 스친 별빛은 푸른 종소리가 됩니다.
풀숲에 가만히 내린 별빛은 풀잎이 되고
풀잎의 비애를 다 깨친 별빛은 풀꽃이 됩니다.
핍박받은 사람들의 이글거리는 불꽃이
하늘에 맺힌 별빛이 될 때까지

종소리여 풀꽃이여……
나는 당신이 어디가 아픈지 알고 있어요.
알고 있어요, 하지만 나는 말할 수 없습니다.

●　　　　　　　　당신이 어디가 아픈지 알고 있으면서
도 말할 수 없는 때가 있습니다. 말하지 않아도 다 알기 때문이고, 말
하는 것 자체가 아픔이 되기 때문인지도 모릅니다. 어디가 아픈지
알면서도 말할 수 없는 처지에 있는 이 슬픔이 굳어져 별이 되고, 핍
박받는 사람들의 이글거리는 불꽃이 별빛이 되리라 생각하며 어둠
을 견디는 시간이 있습니다. 그 슬픔, 종소리가 되어 울리고 풀꽃이
되어 환하게 피어나길 바랍니다.

당신이 어디가 아픈지 알고 있어요
　　　　　　　　　하지만 나는 말할 수 없습니다

연필로 쓰기

정진규

한밤에 홀로 연필을 깎으면 향그런 영혼의 냄새가 방 안 가득 넘치더라고 말씀하셨다는 그분처럼 이제 나도 연필로만 시를 쓰고자 합니다 한번 쓰고 나면 그뿐 지워버릴 수 없는 나의 생애 그것이 두렵기 때문입니다 연필로 쓰기 지워버릴 수 있는 나의 생애 다시 고쳐쓸 수 있는 나의 생애 용서받고자 하는 자의 서러운 예비 그렇게 살고 싶기 때문입니다 나는 언제나 온전치 못한 반편 반편˙도 거두어주시기를 바라기 때문입니다 연필로 쓰기 잘못 간 서로의 길은 서로가 지워드릴 수 있기를 나는 바랍니다 떳떳했던 나의 길 진실의 길 그것마저 누가 지워버린다 해도 나는 섭섭할 것 같지가 않습니다 나는 남기고자 하는 사람이 아닙니다 감추고자 하는 자의 비겁함이 아닙니다 사랑하는 까닭입니다 오직 향그런 영혼의 냄새로 만나고 싶기 때문입니다

● 반편은 '반편이'의 준말로 지능이 보통사람보다 낮은 사람을 일컫는다.

●   잘못 쓴 글씨를 지우듯 우리의 생애도
지우고 고쳐쓸 수 있으면 좋겠습니다. 잘못 간 길을 서로 지워줄 수
있으면 좋겠습니다. 그러다 떳떳했던 길마저 지워진대도 섭섭해하
지 말고, 그것도 얼마든지 지워질 수 있는 것이라 여기며 받아들이
면 좋겠습니다. 허물 많은 삶에 대한 용서와 사랑, 향그런 영혼의 냄
새는 거기서부터 시작되는 것인지도 모릅니다.

사랑하는 까닭입니다
    오직 향그런 영혼의 냄새로 만나고 싶기 때문입니다

November

내가 너만한 아이였을 때

아들에게

민영

내가 너만한 아이였을 때
늘 약골이라 놀림받았다.
큰 아이한테는 떼밀려 쓰러지고
힘센 아이한테는 얻어맞았다.

어떤 아이는 나에게
아버지 담배를 가져오라 시키고,
어떤 아이는 나에게
엄마 돈을 훔쳐오라고 시켰다.

그럴 때마다 약골인 나는
나쁜 짓인 줄 알면서도 갖다주었다.
떼밀리는 게 싫었기 때문이다.
얻어맞는 게 두려웠기 때문이다.

그러던 어느날 나는 생각했다.
언제까지 이렇게 살아야 하나?
떼밀리고 얻어맞으며 지내야 하나?
그래서 나는 약골들을 모았다.

모두 가랑잎 같은 친구들이었다.
우리는 더이상 비굴할 수 없다.
얻어맞고 떼밀리며 살 수는 없다.
어깨를 겨누고 힘을 모으자.

처음에 친구들은 주춤거렸다.
비실대며 꽁무니빼는 아이도 있었다.
일곱이 가고 셋이 남았다.
모두 가랑잎 같은 친구들이었다.

우리는 약골이다.
떼밀리고 얻어맞는 약골들이다.
그러나, 약골도 뭉치면 힘이 커진다.
가랑잎도 모이면 산이 된다.

한 마리의 개미는 짓밟히지만,
열 마리가 모이면 지렁이도 움직이고
십만 마리가 덤벼들면 쥐도 잡는다.
백만 마리가 달려들면 어떻게 될까?

코끼리도 그 앞에서는 뼈만 남는다.
떼밀리면 다시 일어나자!
맞더라도 울지 말자!
약골의 송곳 같은 가시를 보여주자!

내가 너만한 아이였을 때
우리나라도 약골이라 불렸다.
왜놈들은 우리 겨레를 채찍질하고
나라 없는 노예라고 업신여겼다.

●　　　　　　　　세상에는 힘센 사람보다 약한 사람이
더 많습니다. 약골이라 놀림받고 얻어맞을까봐 두려운 사람들이 더
많습니다. 그러나 가랑잎도 모이면 산이 되고, 개미가 힘을 모으면
지렁이도 움직일 수 있다고 시인은 말합니다. 비굴하게 살아서는 안
된다고 말하고 있습니다. 11월 3일은 '학생독립운동기념일'입니다.
우리나라가 약골이라고 업신여김을 당할 때 약골의 송곳 같은 가시
를 보여준 학생들이 있어서 생긴 날입니다.

약골도 뭉치면 힘이 커진다

　　　　　　　　가랑잎도 모이면 산이 된다

낙엽끼리 모여 산다

조병화

낙엽에 누워 산다.
낙엽끼리 모여 산다.
지나간 날을 생각지 않기로 한다.
낙엽이 지는 하늘가에
가는 목소리 들리는 곳으로 나의 귀는 기웃거리고
얇은 피부는 햇볕이 쏟아지는 곳에 초조하다.
항시 보이지 않는 곳이 있기에 나는 살고 싶다.
살아서 가까이 가는 곳에 낙엽이 진다.
아, 나의 육체는 낙엽 속에 이미 버려지고
육체 가까이 또 하나 나는 슬픔을 마시고 산다.
비 내리는 밤이면 낙엽을 밟고 간다.
비 내리는 밤이면 슬픔을 디디고 돌아온다.
밤은 나의 소리에 차고
나는 나의 소리를 비비고 날을 샌다.

낙엽끼리 모여 산다.
낙엽에 누워 산다.
보이지 않는 곳이 있기에 슬픔을 마시고 산다.

●　　　　　　　　　　　푸르던 잎들이 낙엽이 되어 누워 있습
니다. 낙엽은 낙엽끼리 모여 삽니다. 지나간 날은 생각지 않기로 합
니다. 비 내리는 밤이면 낙엽을 밟고 가서, 슬픔을 디디고 돌아오는
우리의 생. 그래도 "항시 보이지 않는 곳이 있기에 나는 살고 싶다"
고 시인은 말합니다. 보이지 않는 그곳은 어디일까요?

비 내리는 밤이면 낙엽을 밟고 간다

　　　　　　　　　　슬픔을 디디고 돌아온다

상한 영혼을 위하여

고정희

상한 갈대라도 하늘 아래선
한 계절 넉넉히 흔들리거니
뿌리 깊으면야
밑동 잘리어도 새순은 돋거니
충분히 흔들리자 상한 영혼이여
충분히 흔들리며 고통에게로 가자

뿌리 없이 흔들리는 부평초 잎이라도
물 고이면 꽃은 피거니
이 세상 어디에서나 개울은 흐르고
이 세상 어디서나 등불은 켜지듯
가자 고통이여 살 맞대고 가자
외롭기로 작정하면 어딘들 못 가랴
가기로 목숨 걸면 지는 해가 문제랴

고통과 설움의 땅 훨훨 지나서
뿌리 깊은 벌판에 서자
두 팔로 막아도 바람은 불듯
영원한 눈물이란 없느니라
영원한 비탄이란 없느니라
캄캄한 밤이라도 하늘 아래선
마주 잡을 손 하나 오고 있거니

밑동 잘리어도 새순은 돋거니
상한 영혼이여
충분히 흔들리며 고통에게로 가자

● 　　　　　　　시든 갈대가 한 계절 내내 흔들리고 있습니다. 상처받고 다친 우리의 영혼도 갈대처럼 흔들리고 있습니다. 그러나 더 흔들리며 고통에게로 가자고 화자는 말합니다. "외롭기로 작정하면 어딘들 못 가랴" 이렇게 마음을 먹으면 고통과 설움 많은 이 땅 어디로도 갈 수 있습니다. "영원한 눈물이란 없"는 것입니다. "영원한 비탄이란 없"는 것입니다. 캄캄한 밤이라도 그대와 마주 잡을 손 하나 오고 있을 것입니다.

숯불의 詩

김신용

군불을 지피고 남은 숯불에 감자를 묻는다

숯불의 얼굴이 발갛게 상기되는 것 같다

자신에게 남은 마지막 온기로 몇알의 감자라도 익힌다면

사그라져 남는 재도 따뜻하리라, 고 생각하는

눈빛 같다. 수확이 끝난 빈 밭에 몇줌의 감자를 남겨두는

경자(耕者)의 마음도 저와 같을까?

묻힌 것에게 체온 다 주고 사그라지고 있는 모습이

삶이 경전(耕田)이며 곧 경전(經典)이라고 말하는 눈빛 같기

도 하다

추수가 끝난 빈 밭에서 주워온 몇알의 감자,

숯불 속에서 익고 있는 그 뜨거운 속살이 심서(心書) 같아

마음의 빈 밭에라도 씨앗 하나 묻어둔 적 없는

내 삶의 경작지가 너무 황량해

한 끼의 공복을 메울, 그 묵언의 재 속에 남겨진

사유 앞에 내민 내 텅 빈 두 손이 시리다

숯불 꺼지고 나면, 또 어둠의 재 속에 묻혀버릴 이 저녁

　　　　　　　　　　　　　　밭이 비어가고 있는 때입니다. 여러분
의 마음밭에는 지금 무엇이 남아 있는지요. 빈 밭은 몇알의 감자를
품은 채 묻힌 것에 자기의 체온을 나누어주며 식어가고 있습니다.
남아 있는 마지막 온기로 몇알의 감자를 익히며 사그라져가는 숯불
처럼 여러분도 그렇게 나누어주고 있는 삶의 온기가 있는지요? 따뜻
한 것이 그리워지는 십일월입니다.

마지막 온기로 몇알의 감자라도 익힌다면
　　　　　　　　　　사그라져 남는 재도 따뜻하리라

December

섭이월

첫눈 내리는 날에 쓰는 편지

김용화

소한날 눈이 옵니다
가난한 이 땅에 하늘에서 축복처럼
눈이 옵니다
집을 떠난 새들은 돌아오지 않고
베드로학교 낮은 담장 너머로
풍금소리만 간간이 들려오는 아침입니다
창문 조금 열고
가만가만 눈 내리는 하늘 쳐다보면
사랑하는 당신 얼굴 보입니다
멀리 갔다 돌아오는 메아리처럼
겨울나무 가지 끝에
순백의 꽃으로 피어나는 눈물 같은 당신,
당신을 사랑한 까닭으로
여기까지 왔습니다
기다림의 세월은 추억만으로도

아름답지만

이제는 가야 할 시간이 얼마 남지 않았습니다

당신을 만나서는 안되는 까닭은

당신을 만나는 일이

내가 살아온 까닭의 전부이기 때문입니다

한방울 피가 식어질 때까지

나는 이 겨울을 껴안고

눈 쌓인 거리를 바람처럼 서성댈 것입니다

•   "당신을 사랑한 까닭으로 여기까지 왔습니다." 이렇게 말해본 적이 있는지요. '당신을 만나는 일이 내가 살아온 이유의 전부이기 때문에 당신을 만나서는 안된다'고 말해본 적이 있는지요. 시적 역설은 사랑의 역설에서 비롯됩니다. 눈은 축복처럼 내리고 당신은 순백의 꽃으로 피어나지만 그래서 사랑하는 당신은 눈물입니다. 그대도 사랑의 역설을 껴안고 눈 쌓인 거리를 바람처럼 서성댄 적이 있는지요.

눈이 옵니다
당신을 사랑한 까닭으로 여기까지 왔습니다

등燈에 부침

장석주

1

누이여, 오늘은 왼종일 바람이 불고
사람이 그리운 나는 짐승처럼 사납게 울고 싶었다.
벌써 빈 마당엔 낙엽이 쌓이고
빗발들은 가랑잎 위를 건너 뛰어다니고
나는 머리칼이 젖은 채
밤늦게까지 편지를 썼다.
자정 지나 빗발은 흰 눈송이로 변하여
나방이처럼 소리없는 아우성으로
유리창에 와 흰 이마를 부딪치곤 했다.
나는 편지를 마저 쓰지 못하고
책상 위에 엎드려 혼자 울었다.

2

눈물 글썽이는 누이여

197

쓸쓸한 저녁이면 등을 켜자.
저 고운 불의 모세관 일제히 터져
차고 매끄러운 유리의 내벽에
밝고 선명하게 번져나가는 선혈의 빛.
바람 비껴불 때마다
흔들리던 숲도 눈보라 속에 지워져가고,
조용히 등의 심지를 돋우면
밤의 깊은 어둠 한곳을 하얗게 밝히며
홀로 근심없이 타오르는 신뢰의 하얀 불꽃.
등이 하나의 우주를 밝히고 있을 때
어둠은 또 하나의 우주를 덮고 있다.
슬퍼 말아라, 나의 누이여
많은 소유는 근심을 더하고
늘 배부른 자는 남의 아픔을 모르는 법,
어디 있는가, 가난한 나의 누이여

등은 헐벗고 굶주린 자의 자유
등 밑에서 신뢰는 따뜻하고 마음은 넉넉한 법,
돌아와 쓸쓸한 저녁이면 등을 켜자.

•   쓸쓸한 겨울입니다. 눈물나는 겨울입
니다. 빗발이 눈송이로 변하는 추운 밤, 슬픔 속에서 등을 켜는 이 있
습니다. 그 등은 그냥 등이 아니라 신뢰의 불꽃이라고 시인은 말합
니다. 우리 지금 슬프고 가난하지만 등불 아래서 다시 따뜻하고 넉
넉해지는 법을 배웁니다. 그대 곁에도 등 하나 켜 있길 바랍니다.

온종일 바람이 불고 사람이 그리운 나는

    밤늦게까지 편지를 썼다

빈집의 약속

문태준

마음은 빈집 같아서 어떤 때는 독사가 살고 어떤 때는 청보리밭 너른 들이 살았다

볕이 보고 싶은 날에는 개심사 심검당 볕 내리는 고운 마루가 들어와 살기도 하였다

어느날에는 늦눈보라가 몰아쳐 마음이 서럽기도 하였다

겨울 방이 방 한켠에 묵은 메주를 매달아두듯 마음에 봄가을 없이 풍경들이 들어와 살았다

그러나 하릴없이 전나무숲이 들어와 머무르는 때가 나에게는 행복하였다

수십년 혹은 백년 전부터 살아온 나무들, 천둥처럼 하늘로 솟아오른 나무들

뭉긋이 앉은 그 나무들의 울울창창한 고요를 나는 미륵들의 미소라 불렀다

한 걸음의 말도 내놓지 않고 오롯하게 큰 침묵인 그 미륵들

이 잔혹한 말들의 세월을 건디게 하였다

　　그러나 전나무숲이 들어앉았다 나가면 그뿐, 마음은 늘 빈
집이어서

　　마음 안의 그 둥그런 고요가 다른 것으로 메워졌다

　　대나무가 열매를 맺지 않듯 마음이란 그냥 풍경을 들어앉히
는 착한 사진사 같은 것

　　그것이 빈집의 약속 같은 것이었다

●　　　　　　여러분의 마음도 빈집과 같을 때가 있
으신지요? 그 빈집에 독사가 들어와 살기도 하고 청보리밭 너른 들
이 살기도 하는지요? 눈보라가 몰아치거나 전나무숲 같은 것이 머물
러 살기도 하는지요? 그것들이 다 사라져버리고 없는 날은 무엇으로
마음의 빈집을 채우시는지요? 무엇으로 채우고 이 잔혹한 세월을 견
디시는지요?

마음이란 그냥 풍경을 들어앉히는

　　　　　　착한 사진사 같은 것

성당 가까이에 살던 그해 겨울

종소리가 은은한 향기로 울려퍼지면

사랑하라 사랑하라며 창가에 흔들리던 촛불

성당 부근

정세기

유난히 눈이 많이 내렸다
계수나무 한 그루가 서 있던
성당 가까이에 살던 그해 겨울
지붕들이 낮게 엎드려
소리 없이 젖어 잠들고
그런 밤에 내려온 별들은
읽다 만 성경구절을
성에 낀 창틈으로 들여다보았다
눈사람이 지키는 골목길을 질러
상한 바람이 잉잉 울고 간 슬픔을
연줄 걸린 전깃줄이 함께 울고
측백나무 울타리 너머
종소리가 은은한 향기로 울려퍼지면
저녁 미사를 보러 가는 사람들
그들의 긴 그림자도 젖어 있었다

담벼락에 기댄 장작더미 위로
쌓이던 달빛이 스러지고 사랑하라
사랑하라며 창가에 흔들리던 촛불도 꺼진 밤
그레고리안 성가의 낮은 음계를 밟고
양떼들이 집으로 돌아간 뒤
성당 뜨락엔 마리아상 홀로 남아
산수유 열매 같은 알전구 불빛을 따 담고 있었다

　　　　　　　　　　　성탄절입니다. 오늘도 우리가 읽다 만 성경구절을 별들이 창틈으로 들여다보다 갔을까요? "사랑하라 사랑하라며 창가에 흔들리던 촛불"은 아직도 꺼진 채로 있을까요? 모두들 돌아간 성당 뜨락엔 누가 혼자 남아 어둠속을 서성이고 있을까요?

이 책의 시인들

● 강연호 ● 1962년 대전에서 태어나 1991년『문예중앙』으로 등단, 시집『비단길』『잘못 든 길이 지도를 만든다』『세상의 모든 뿌리는 젖어 있다』등이 있음.

● 고두현 ● 1963년 경남 남해에서 태어나 1993년 중앙일보 신춘문예로 등단. 시집『늦게 온 소포』『물미해안에서 보내는 편지』등이 있으며, 시와시학 젊은 시인상을 수상함.

● 고영민 ● 1968년 충남 서산에서 태어나 2002년『문학사상』으로 등단. 시집『악어』가 있음.

● 고재종 ● 1957년 전남 담양에서 태어나 1984년 실천문학사 신작시집『시여 무기여』에 시를 발표하며 작품활동 시작. 시집『새벽 들』『사람의 등불』『날랜 사랑』『앞강도 야위는 이 그리움』『쪽빛 문장』등이 있으며, 시와시학 젊은시인상, 소월시문학상 등을 수상함.

● 고정희 ● 1948년 전남 해남에서 태어나 1975년『현대시학』으로 등단. 시집『초혼제』『눈물꽃』『아름다운 사람 하나』, 유고시집『모든 사라지는 것들은 뒤에 여백을 남긴다』등이 있음. 대한민국 문학상을 수상했으며, 1991년 6월에 타계함.

● 곽재구 ● 1954년 광주에서 태어나 1981년 중앙일보 신춘문예로 등단. 시집
『사평역에서』『전장포 아리랑』『서울 세노야』『참 맑은 물살』 등이 있으며, 신
동엽창작상, 동서문학상 등을 수상함.

● 김명인 ● 1946년 경북 울진에서 태어나 1973년 중앙일보 신춘문예로 등단.
시집 『동두천』『머나먼 곳 스와니』『물 건너는 사람』『길의 침묵』『바다의 아코
디언』『파문』 등이 있으며, 이형기문학상, 대산문학상, 이산문학상 등을 수상함.

● 김사인 ● 1955년 충북 보은에서 태어나 1982년 『시와 경제』의 창간동인으
로 참여하며 작품활동 시작. 시집 『밤에 쓰는 편지』『가만히 좋아하는』이 있으
며, 대산문학상, 현대문학상 등을 수상함.

● 김선우 ● 1970년 강원도 강릉에서 태어나 1996년 『창작과비평』으로 등단.
시집 『내 혀가 입 속에 갇혀 있길 거부한다면』『도화 아래 잠들다』가 있으며, 현
대문학상을 수상함.

● 김승희 ● 1952년 광주에서 태어나 1973년 경향신문 신춘문예에 시로, 1994
년 동아일보 신춘문예에 소설로 등단. 시집 『태양미사』『미완성을 위한 연가』
『달걀 속의 생』『빗자루를 타고 달리는 웃음』『냄비는 둥둥』 등이 있으며, 소월
시문학상, 고정희상, 올해의 예술상 등을 수상함.

● 김시천 ● 1956년 충북 청주에서 태어났으며 1987년 '분단시대' 동인으로
작품활동 시작. 시집 『청풍에 살던 나무』『떠나는 것이 어찌 아름답기만 하랴』
『마침내 그리운 하늘에 별이 될 때까지』 등이 있음.

● 김신용 ● 1945년 부산에서 태어나 1988년 무크지 『현대시사상』에 시를 발
표하며 작품활동 시작. 시집 『버려진 사람들』『개 같은 날들의 기록』『몽유 속을
걷다』『환상통』 등이 있으며, 노작문학상을 수상함.

● 김용락 ● 1959년 경북 의성에서 태어났으며, 1984년 창작과비평사의 17인 신작시집 『마침내 시인이여』에 시를 발표하며 작품활동 시작. 시집 『푸른 별』 『기차소리를 듣고 싶다』 등이 있음.

● 김용택 ● 1948년 전북 임실에서 태어나 1982년 창작과비평사 21인 신작시집 『꺼지지 않는 햇불로』에 시를 발표하며 작품활동 시작. 시집 『섬진강』 『맑은 날』 『그 여자네 집』 『그래서 당신』 등이 있으며, 김수영문학상, 소월시문학상 등을 수상함.

● 김용화 ● 1954년 충남 예산에서 태어나 1993년 『시와시학』으로 등단. 시집 『아버지는 힘이 세다』 『감꽃 피는 마을』 『첫눈 내리는 날에 쓰는 편지』 등이 있음.

● 김종해 ● 1941년 부산에서 태어나 1963년 『자유문학』과 1965년 경향신문 신춘문예로 등단. 시집 『인간의 악기』 『신의 열쇠』 『왜 아니 오시나요』 『천노(賤奴), 일어서다』 『항해일지』 『별똥별』 『풀』 등이 있으며, 현대문학상, 한국문학작가상, 공초문학상 등을 수상함.

● 나희덕 ● 1966년 충남 논산에서 태어나 1989년 중앙일보 신춘문예로 등단. 시집 『뿌리에게』 『그 말이 잎을 물들였다』 『어두워진다는 것』 『그곳이 멀지 않다』 『사라진 손바닥』 등이 있으며, 김수영문학상, 오늘의 젊은 예술가상, 현대문학상, 이산문학상, 일연문학상, 소월시문학상 등을 수상함.

● 도종환 ● 1954년 충북 청주에서 태어나 1984년 동인지 『분단시대』에 시를 발표하며 작품활동 시작. 시집 『고두미 마을에서』 『접시꽃 당신』 『내가 사랑하는 당신은』 『슬픔의 뿌리』 『해인으로 가는 길』 등이 있으며, 올해의 예술상, 민족예술상, 신동엽창작상 등을 수상함.

● 마종기 ● 1939년 일본 토오꾜오에서 태어나 1959년 『현대문학』으로 등단.

시집 『조용한 개선』 『새들의 꿈에서는 나무 냄새가 난다』 『이슬의 눈』 『별, 아직 끝나지 않은 기쁨 』 등이 있으며, 한국문학작가상, 편운문학상, 이산문학상 등을 수상함.

● 문정희 ● 1947년 전남 보성에서 태어나 1969년 『월간문학』으로 등단. 시집 『꽃숨』 『문정희 시집』 『혼자 무너지는 종소리』 『그리운 나의 집』 『하늘보다 먼 곳에 매인 그네』 『남자를 위하여』 등이 있으며, 현대문학상, 정지용문학상, 소월시문학상 등을 수상함.

● 문태준 ● 1970년 경북 김천에서 태어나 1994년 『문예중앙』으로 등단. 시집 『수런거리는 뒤란』 『맨발』 『가재미』 등이 있으며, 동서문학상, 노작문학상, 미당문학상, 소월시문학상, 유심작품상 등을 수상함.

● 민 영 ● 1934년 강원도 철원에서 태어나 1959년 『현대문학』으로 등단. 시집 『단장(斷章)』 『용인 지나는 길에』 『냉이를 캐며』 『엉겅퀴꽃』 『해지기 전의 사랑』 등이 있으며, 만해문학상을 수상함.

● 박라연 ● 1951년 전남 보성에서 태어나 1990년 동아일보 신춘문예로 등단. 시집 『서울에 사는 평강공주』 『생밤 까주는 사람』 『너에게 세들어 사는 동안』 『공중 속의 내 정원』 『우주 돌아가셨다』 등이 있음.

● 박시교 ● 1945년 경북 봉화에서 태어나 1970년 매일신문 신춘문예와 『현대시학』으로 등단. 시집 『겨울강』 『가슴으로 오는 새벽』 『낙화』 『지상에서 가장 아름다운 이름』 『독작』 등이 있으며, 오늘의 시조문학상, 중앙시조대상, 이호우문학상 등을 수상함.

● 박정대 ● 1965년 강원도 정선에서 태어나 1990년 『문학사상』으로 등단. 시집 『단편들』 『내 청춘의 격렬비열도엔 아직도 음악 같은 눈이 내리지』 『아무르

기타』 등이 있음.

● 배한봉 ● 1964년 경남 함안에서 태어나 1984년 박재삼 시인의 추천을 받았고, 1998년 『현대시』로 등단. 시집 『흑조』 『우포늪 왁새』 『악기점』 『잠을 두드리는 물의 노래』 등이 있음.

● 손택수 ● 1970년 전남 담양에서 태어나 1998년 한국일보 신춘문예로 등단. 시집 『호랑이 발자국』 『목련 전차』 등이 있으며, 신동엽창작상, 현대시 동인상, 애지문학상 등을 수상함.

● 신경림 ● 1935년 충북 충주에서 태어나 1956년 『문학예술』로 등단. 시집 『농무』 『새재』 『달 넘세』 『길』 『쓰러진 자의 꿈』 『뿔』 등이 있으며, 만해문학상, 한국문학작가상, 이산문학상, 단재문학상, 대산문학상, 공초문학상, 만해대상 시문학상 등을 수상함.

● 신달자 ● 1943년 경남 거창에서 태어나 1970년 『현대문학』으로 등단. 시집 『봉헌문자』 『모순의 방』 『아버지의 빛』 『오래 말하는 사이』 등이 있으며, 시와 시학상, 시인협회상 등을 수상함.

● 안도현 ● 1961년 경북 예천에서 태어나 1981년 대구매일신문 신춘문예와 1984년 동아일보 신춘문예로 등단. 시집 『서울로 가는 전봉준』 『모닥불』 『그대에게 가고 싶다』 『그리운 여우』 『너에게 가려고 강을 만들었다』 등이 있음. 소월시문학상, 노작문학상, 이수문학상 등을 수상함.

● 양애경 ● 1956년 서울에서 태어나 1982년 중앙일보 신춘문예로 등단. 시집 『불이 있는 몇개의 풍경』 『사랑의 예감』 『바닥이 나를 받아주네』 『내가 암늑대라면』 등이 있음.

● 오규원 ● 1941년 경남 밀양에서 태어나 1968년 『현대문학』으로 등단. 시집 『순례』『가끔은 주목받는 生이고 싶다』『토마토는 붉다 아니 달콤하다』『새와 나무와 새똥 그리고 돌멩이』 등이 있음. 현대문학상, 연암문학상, 이산문학상, 대한민국예술상 등을 수상했으며, 2007년 2월에 타계함.

● 이기철 ● 1943년 경남 거창에서 태어나 1972년 『현대문학』으로 등단. 시집 『낱말추적』『청산행』『지상에서 부르고 싶은 노래』『유리의 나날』『내가 만난 사람은 모두 아름다웠다』 등이 있으며, 김수영문학상, 시와시학상 등을 수상함.

● 이상국 ● 1946년 강원도 양양에서 태어나 1976년 『심상』으로 등단. 시집 『우리는 읍으로 간다』『집은 아직 따뜻하다』『어느 농사꾼의 별에서』 등이 있으며, 백석문학상, 민족예술상, 유심작품상 등을 수상함.

● 이성선 ● 1941년 강원도 고성에서 태어나 1970년 『문학비평』과 1972년 『시문학』으로 등단. 시집 『시인의 병풍』『내 몸에 우주가 손을 얹었다』『물방울 우주』 등이 있음. 정지용문학상, 시와시학상 등을 수상했으며, 2001년 5월에 타계함.

● 이승하 ● 1960년 경북 의성에서 태어나 1984년 중앙일보 신춘문예에 시로, 1989년 경향신문 신춘문예에 소설로 등단. 시집 『사랑의 탐구』『우리들의 유토피아』『뼈아픈 별을 찾아서』『인간의 마을에 밤이 온다』 등이 있으며, 대한민국문학상 신인상, 서라벌문학상 신인상, 지훈문학상 등을 수상함.

● 이시영 ● 1949년 전남 구례에서 태어나 1969년 중앙일보 신춘문예와 『월간 문학』으로 등단. 시집 『만월』『바람 속으로』『무늬』『사이』『은빛 호각』『바다 호수』『아르갈의 향기』 등이 있으며, 백석문학상, 정지용문학상, 동서문학상, 현대 불교문학상, 지훈상 등을 수상함.

● 이원규 ● 1962년 경북 문경에서 태어나 1984년『월간문학』과 1989년『실천문학』으로 등단. 시집『빨치산 편지』『지푸라기로 다가와 어느덧 섬이 된 그대에게』『돌아보면 그가 있다』『옛 애인의 집』등이 있으며, 신동엽창작상을 수상함.

● 이재무 ● 1958년 충남 부여에서 태어나 1983년 무크지『삶의 문학』에 시를 발표하며 작품활동 시작. 시집『섣달그믐』『온다던 사람 오지 않고』『몸에 피는 꽃』『시간의 그물』『푸른 고집』『위대한 식사』등이 있으며, 윤동주상, 편운문학상, 난고문학상 등을 수상함.

● 이준관 ● 1949년 전북 정읍에서 태어나 1971년 서울신문 신춘문에 동시로, 1974년『심상』에 시로 등단. 시집『황야』『열 손가락에 달을 달고』『부엌의 불빛』등이 있으며, 김달진문학상을 수상함.

● 장석주 ● 1955년 충남 논산에서 태어나 1975년『월간문학』과 1979년 조선일보 신춘문예로 등단. 시집『완전주의자의 꿈』『붕붕거리는 추억의 한때』『간장 달이는 냄새가 진동하는 저녁』『붉디붉은 호랑이』등이 있음.

● 정세기 ● 1961년 전남 광양에서 태어나 1989년『민중시』5집에 시를 발표하며 작품활동 시작. 시집『어린 민중』『그곳을 노래하지 못하리』『겨울산은 푸른 상처를 지니고 산다』등이 있으며, 2006년 9월에 타계함.

● 정안면 ● 1955년 광주에서 태어나 1985년 시전문지『민의(民意)』에 시를 발표하며 작품활동 시작. 시집『찔레꽃 하얀 꽃잎』『사랑을 찾아서』『지상의 그리움 하나』등이 있음.

● 정우영 ● 1960년 전북 임실에서 태어나 1989년『민중시』에 시를 발표하며 작품활동 시작. 시집『마른 것들은 제 속으로 젖는다』『집이 떠나갔다』등이 있음.

● 정일근 ● 1958년 경남 진해에서 태어나 1984년 『실천문학』에 시를 발표했고, 1985년 한국일보 신춘문예로 등단. 시집 『바다가 보이는 교실』 『그리운 곳으로 돌아보라』 『처용의 도시』 『경주 남산』 등이 있으며, 소월시문학상, 시와시학 젊은시인상 등을 수상함.

● 정진규 ● 1939년 경기도 안성에서 태어나 1960년 동아일보 신춘문예로 등단. 시집 『마른 수수깡의 평화』 『매달려 있음의 세상』 『비어 있음의 충만을 위하여』 『연필로 쓰기』 『뼈에 대하여』 『몸시』 『알시』 등이 있으며, 한국시인협회상, 월탄문학상, 현대시학작품상, 공초문학상 등을 수상함.

● 정호승 ● 1950년 경남 하동에서 태어나 1973년 대한일보 신춘문예에 시로, 1982년 조선일보 신춘문예에 소설로 등단. 시집 『슬픔이 기쁨에게』 『서울의 예수』 『사랑하다가 죽어버려라』 『외로우니까 사람이다』 『이 짧은 시간 동안』 등이 있으며, 소월시문학상, 동서문학상, 정지용문학상 등을 수상함.

● 조병화 ● 1921년 경기도 안성에서 태어나 1949년 시집 『버리고 싶은 유산』을 발간하며 작품활동 시작. 시집 『사랑이 가기 전에』 『외로운 혼자들』 『혼자 가는 길』 『하루만의 위안』 등이 있음. 국민훈장 동백장, 국민훈장 모란장, 서울문화상, 대한민국 문학대상 등을 수상했으며, 2003년 3월에 타계함.

● 조향미 ● 1961년 경남 거창에서 태어나 1984년 무크지 『전망』에 시를 발표하며 작품활동 시작. 시집 『길보다 멀리 기다림은 뻗어 있네』 『새의 마음』 『그 나무가 나에게 팔을 벌렸다』 등이 있으며, 부산작가상을 수상함.

● 천양희 ● 1942년 부산에서 태어나 1965년 『현대문학』으로 등단. 시집 『마음의 수수밭』 『오래된 골목』 『너무 많은 입』 등이 있으며, 소월시문학상, 현대문학상, 공초문학상 등을 수상함.

● 최영철 ● 1956년 경남 창녕에서 태어나 1984년 무크지 『지평』 『현실시각』 과 1986년 한국일보 신춘문예로 등단. 시집 『아직도 쭈그리고 앉은 사람이 있다』 『야성은 빛나다』 『일광욕하는 가구』 『그림자 호수』 『호루라기』 등이 있으며, 백석문학상을 수상함.

● 허만하 ● 1932년 대구에서 태어나 1957년 『문학예술』로 등단. 시집 『해조 (海藻)』 『비는 수직으로 서서 죽는다』 『물은 목마름 쪽으로 흐른다』 등이 있으며, 박용래문학상, 이산문학상 등을 수상함.

작품출전

도종환「처음 가는 길」 – 『해인으로 가는 길』, 문학동네 2006

고두현「늦게 온 소포」 – 『늦게 온 소포』, 민음사 2000

문정희「한계령을 위한 연가」 – 『남자를 위하여』, 민음사 1996

허만하「이별」 – 『비는 수직으로 서서 죽는다』, 솔 1999

김선우「입설단비(立雪斷臂)」 – 『도화 아래 잠들다』, 창비 2003

이원규「뼈에 새긴 그 이름」 – 『옛 애인의 집』, 솔 2003

조향미「온돌방」 – 『그 나무가 나에게 팔을 벌렸다』, 실천문학사 2006

정우영「밭」 – 『집이 떠나갔다』, 창비 2005

최영철「홍매화 겨울나기」 – 『일광욕하는 가구』, 문학과지성사 2000

이시영「성장」 – 『은빛 호각』, 창비 2003

김승희「콩나물의 물음표」 – 『냄비는 둥둥』, 창비 2006

박라연「너에게 세들어 사는 동안」

　　　 – 『너에게 세들어 사는 동안』, 문학과지성사 1996

이재무「봄비」 – 『위대한 식사』, 세계사 2002

신경림「나무 1」 – 『길』, 창작과비평사 1990

김사인「풍경의 깊이」 – 『가만히 좋아하는』, 창비 2006

박시교「이별노래」 – 『독작』, 작가 2004

김명인 「조이미용실」 – 『파문』, 문학과지성사 2005

고재종 「담양 한재초등학교의 느티나무」

　　　– 『쪽빛 문장』, 문학사상사 2004

이승하 「늙은 어머니의 발톱을 깎아드리며」

　　　– 『인간의 마을에 밤이 온다』, 문학사상사 2005

김시천 「아이들을 위한 기도」 – 『청풍에 살던 나무』, 제3문학사 1990

나희덕 「오분간」 – 『그곳이 멀지 않다』, 문학동네 2004

천양희 「물가에서의 하루」 – 『너무 많은 입』, 창비 2005

배한봉 「자연도서관」 – 『우포늪 왜가리』, 시와시학사 2002

곽재구 「단오」 – 『참 맑은 물살』, 창작과비평사 1995

이상국 「오늘은 일찍 집에 가자」 – 『어느 농사꾼의 별에서』, 창비 2005

김용락 「단촌국민학교」 – 『푸른 별』, 창작과비평사 1987

정일근 「흑백사진」 – 『그리운 곳으로 돌아보라』, 푸른숲 1994

양애경 「가로등이 있는 숲길」 – 『내가 암늑대라면』, 고요아침 2005

손택수 「횃불이 생각」 – 『시로 여는 세상』 2004년 겨울호

마종기 「별, 아직 끝나지 않은 기쁨」 – 『이슬의 눈』, 문학과지성사 1997

이준관 「구부러진 길」 – 『부엌의 불빛』, 시학 2005

정호승 「바닷가에 대하여」 – 『외로우니까 사람이다』, 열림원 1998

안도현 「저물 무렵」 – 『그대에게 가고 싶다』, 푸른숲 1991

오규원 「비가 와도 젖은 자는」 – 『순례』, 문학동네 1997

이성선 「사랑하는 별 하나」 – 『물방울 우주』, 황금북 2002

강연호 「9월도 저녁이면」

　　　– 『세상의 모든 뿌리는 젖어 있다』, 문학동네 2001

이기철 「내가 만난 사람은 모두 아름다웠다」

　　　 – 『내가 만난 사람은 모두 아름다웠다』, 민음사 2000

신달자 「여보! 비가 와요」 – 『오래 말하는 사이』, 민음사 2004

김용택 「섬진강 17」 – 『섬진강』, 창작과비평사 1985

박정대 「그대의 발명」 – 『아무르 기타』, 문학사상사 2004

정안면 「아름다운 사람을 만나고 싶다」 – 『사랑을 찾아서』, 황토 1991

고영민 「볍씨 말리는 길」 – 『악어』, 실천문학사 2005

김종해 「가을 문안」 – 『왜 아니 오시나요』, 문학예술사 1979

정진규 「연필로 쓰기」 – 『연필로 쓰기』, 영언문화사 1984

민　영 「내가 너만한 아이였을 때」 – 『엉겅퀴꽃』, 창작과비평사 1987

조병화 「낙엽끼리 모여 산다」 – 『하루 만의 위안』, 동문선 1994

고정희 「상한 영혼을 위하여」 – 『아름다운 사람 하나』, 푸른숲 1996

김신용 「숯불의 詩」 – 『환상통』, 천년의시작 2005

김용화 「첫눈 내리는 날에 쓰는 편지」

　　　 – 『첫눈 내리는 날에 쓰는 편지』, 문학세계사 2004

장석주 「등(燈)에 부침」 – 『완전주의자의 꿈』, 청하 1981

문태준 「빈집의 약속」 – 『가재미』, 문학과지성사 2006

정세기 「성당 부근」

　　　 – 『겨울산은 푸른 상처를 지니고 산다』, 실천문학사 2002